„Quallenpest in Travemünde"
Aus dem Inhalt:

Juli-2016.   Eine Quallenplage und der tragische Tod einer Travemünderin bereiten der Wasserschutzpolizei einen Routine-einsatz. Wenig später gibt es die nächste Frauenleiche. Erst Jörg Illmer, der Freund der erotischen Oberkommissarin Stina Wallison, gibt dem Fall einen neuen (kenianischen) Blickwinkel.

Impressum:
Autor: **Guido Bleil**

Herausgeber: **Guido Bleil**

1.Auflage: **Juli-2016**

Herstellung und Verlag:
              BoD-Books on Demand, Norderstedt

ISBN: **9-783738-629255**

Bereits erschienene Romane des Autors:

Der Passatmörder (2010)
          - ISBN 9-783839-183946 ➜ Paperbook
          - ISBN 9-783842-398474 ➜ e-Book
Engel von Travemünde (2011)
          - ISBN 9-783842-351004 ➜ Paperbook
          - ISBN 9-783844-859072 ➜ e-Book
Trave-Nebel (2012)
          - ISBN 9-783848-212927 ➜ Paperbook
          - ISBN 9-783844-839487 ➜ e-Book
Trave-Kristalle (2013)
          - ISBN 9-783732-234189 ➜ Paperbook
          - ISBN 9-783732-218141 ➜ e-Book
Travemünde Komplott (2015)
          - ISBN 9-783738-617078 ➜ Paperbook
          - ISBN 9-783739-273358 ➜ e-Book

„Ein Fisch sieht den Köder, aber nicht den Haken"

„Eifersucht ist Zweifelssucht, die Zweifel sucht und findet"

„Eifersucht verlangt Liebesbeweise, die echte Liebe nicht geben kann." (*Salomon Baer-Oberdorf*)

Liebe **Käufer** und **Leser**,

dies ist der sechste abgeschlossene Fall rund um die Polizeioberkommissarin (POK) Stina Wallison und dem mysteriösen Jörg Illmer. Tauchen sie gerne wieder mit ein in die Welt rund um das schöne Ostseeheilbad Travemünde. Diesmal sogar bis ins ostafrikanische Kenia.

Im Übrigen gilt mein Dank ausschließlich Ihnen, denn Sie geben mir die Kraft und den Anreiz weiter zu schreiben.

So mancher Roman kann allerdings, aufgrund von realen Begebenheiten, dazu verleiten, der Story Glauben zu schenken. Aber bitte, auch wenn viele Fakten zutreffen, die Handlungen und die Personen sind **alle frei erfunden.** ☺

Viele beschriebene Ortsangaben werden Sie auch in der Realität wiederfinden. Nehmen Sie die Angaben nicht als Navigationshilfe. Sollten Sie sich aufgrund der örtlichen Beschreibungen verlaufen, so **übernehme ich als Autor dafür keine Haftung.**
Es ist nur ein Roman ☺

Für etwaige, eingeschlichene Fehler, bitte ich um gütige Nachsicht. Sollten sie in der Interpretation liegen, so bin ausschließlich ich dafür verantwortlich.

Guido Bleil / Juli-2016

Danksagung / Steilvorlagen ☺

Meine Bücher werden zwar von mir verfasst, aber in der Regel gibt es viele kleine und große Helfer, die zum Ganzen beitragen – wissentlich sowie auch unwissentlich. Das ist auch gut so !

Das Leben schreibt die besten Geschichten und somit bedanke ich mich an dieser Stelle bei allen, die mir wieder Informationen und **Steilvorlagen** geliefert haben, welche zum Teil in dieses Buch mit eingeflossen sind. Sollten Sie sich „ertappt" fühlen.., nun gut, herzlichen Glückwunsch ! Sie fielen temporär irgendwie aus dem „grauen" Raster der „unscheinbaren" Masse, im positiven, ebenso wie vielleicht auch im negativen Sinne. Ich benötige beide Varianten, nach dem Motto: *„Es gibt gut eingekleidete Dummheiten, wie es gut gekleidete Dummköpfe gibt !"*

Weiter gilt mein spezieller Dank:

dem Mediengestalter **Jan Ole Bleil**, Hannover,
dem Kommissar **Detlef Schubert**, Bremen,
Für die Feinheiten besonderen Dank:
Klaus Both, Cuxhaven und **Bernd Kollberg**, Travemünde
sowie **Anja, Claudia, Kathrin** und **Maarten,**
Peter (dem **Kapitän** der MS **HANSE)**
Joseph (Taxifahrer aus **Mtwapa)**

Locations im Buch:
-Travemünde
-Lübeck
-Niendorf/(Timmendorf)
-Mombasa/Kenia
-Mtwapa/Kenia

4

Prolog

Rund zwanzig Kilometer vom Lübecker Holstentor entfernt liegt der Stadtteil Travemünde, welcher durch den Welterfolg des Thomas Mann Romans ‚Buddenbrooks', zu überregionaler Bekanntheit gelangte. Schon früh erfreuten sich erholungssuchende Großstädter an dem abwechslungsreichen Seebad, mit dem tollen Blick auf die Lübecker Bucht. Direkt an der Bucht gelegen und zusammen mit der Halbinsel Priwall, schwärmen nicht nur die knapp 13.500 Einwohner vom ‚schönsten' Teil Lübecks. Die Geschichte der „Schönen" reicht bis ins zwölfte Jahrhundert zurück. Der ursprüngliche Gründungsort liegt an der Trave bei Dummersdorf, wo heute ein Naturschutzgebiet ausgewiesen ist und nur noch ein Gedenkstein daran erinnert.

Nicht nur zahlreiche Prominente haben diesen Ort für sich entdeckt, sondern hunderttausende von Besuchern steuern diesen Ort gezielt an, um sich am und im Wasser zu erfreuen, in den zahlreichen Cafes und Restaurants zu verweilen, die Seele baumeln lassen oder gefühlt, den Kapitänen der großen Fähren die Hand zu reichen. So nah kommt man nirgendwo den schwimmenden Riesen.

Wenn auch der politische Filz in Lübeck unübersehbar ist, lässt es sich hier noch wunderbar LEBEN.

In der Regel zumindest...

001

Travemünde, Schleswig-Holstein
Do-28.Juli-2016

„Erst Statussymbole verleihen dir deinen Wert, wenn du keinen hast."
(Erhatd Blank)

Eine angenehme Begleiterscheinung der momentanen sommerlichen Tagestemperaturen von bis zu achtundzwanzig Grad war, dass sich nachts die Luft nicht unter zweiundzwanzig Grad abkühlte. Im letzten Jahr gab es von diesen lauen Nächten, zum Leidwesen der ortsansässigen Gastronomen und der romantischen Liebespaare, praktisch keine.

Um so mehr Menschen nutzten dieser Tage das Wärmegeschenk und verbrachten entspannte Abendstunden auf den Restaurantterrassen oder direkt am Strand mit einem erfrischendem Getränk. Auch während des großen Segelevents, der laufenden 127. Travemünder Woche mit seinen rund 1.500 Aktiven und täglich etwa 100.000 Besuchern, leerten sich die Plätze unterhalb der Woche in der Regel kurz nach Mitternacht. Nachtruhe kehrte somit meist gegen ein Uhr morgens ein.

Um drei Uhr präsentierte sich die Vorderreihe wie ausgestorben und am Leuchtenfeld zeugten nur die verschlossenen Zelte und Wagen der Festmeile, von dem riesigem Volksfest.

Daher bemerkte niemand den kleinen Range Rover Evoque, der sich dem Marina Restaurant an der Überseebrücke 1 näherte. Eine schlanke Frau schälte sich aus dem typischen Frauenwagen und blickte sich prüfend um, ob sich auch niemand weiter in der Nähe befand. Für das Gelingen ihres Vorhabens bedurfte es keinerlei Zeugen.

Mit wenigen Schritten stand sie am Heck des Fahrzeugs und öffnete die Heckklappe. Ächtzend zog sie an einem gelben Zurrgurt einen schweren, quaderförmigen Gegenstand aus dem Kofferraum. Es gab einen kurzen, trockenen Knall, als das Objekt auf den Boden fiel. Erschrocken blickte die Frau sich um. In ihren Ohren rauschte es. Ein tennisballgroßes Stück war aus einer Ecke abgebrochen. Es lag neben dem rechten Hinterreifen und dampfte ebenso, wie das große Stück.

Rasch bestieg sie den Land Rover und parkte diesen auf dem vorgesehenen Areal des Lübecker Yacht Club. Wieder zurück am schweren Gegenstand vergewisserte sie sich, dass sie immer noch unbeobachtet war. Mit aller Kraft zerrte sie am Spanngurt. Ihre kräftezerrenden Bemühungen bereiteten ihr bereits nach wenigen Sekunden heftige Kurzatmigkeit. Ein hässliches Schaben begleitete ihre Aktivitäten. „Später habe ich noch genug Zeit um mich auszuruhen" ging es ihr durch den Kopf. Sie lächelte müde. Nach beinahe zehn Minuten erreichte sie ihren ausgesuchten Platz auf der Überseebrücke und bugsierte den Quader in die richtige Position. Inzwischen hatte der Gegenstand noch ein wenig von seiner Größe eingebüßt, aber für den vorgesehen Zweck reichte es allemal. Einen Schönheitspreis wollte sie hiermit sowieso nicht gewinnen.

Ein Lichtschein auf Höhe der Softeisbude ließ sie zusammen zucken. Schnell duckte sie sich ab und versteckte sich hinter einem Abfallcontainer. Nach der ganzen Mühe, wollte sie nicht entdeckt werden. Sie wagte nicht einmal zu atmen. Zwei in schwarz gekleidete Mitarbeiter einer Sicherheitsfirma schlenderten, nur acht, neun Armlängen entfernt, plaudernd an ihr vorbei. „...von meinen Kindern habe ich auch nichts mehr, außer, dass ich jeden Monat Unterhalt..." hörte sie den größeren der beiden Sicherheitsmitarbeiter sagen, bevor sie außer Hörweite gerieten.

Zischend ließ sie die angehaltene Luft entweichen und atmete gierig frische Luft ein. „Was für ein Paradoxon" hörte sie eine innere Stimme, die ihr seltsam bekannt vorkam. Ein wehmütiges Gefühl ging damit einher. „Nicht jetzt" schallt sie sich.

Mittlerweile ging die Uhr auf 3:30h zu. Zeit, um den Plan umzusetzen. Rasch traf sie die letzten Vorbereitungen und zum Schluss gestattete sich die Achtundvierzigerin ein kleines Resümee. Den Tag hatte sie ganz bewusst gewählt. Er würde es verstehen. Da war sie sich sicher. Es gab keinen Ausweg und sie war zu stolz, um ihn anzurufen. Nicht nach dem was sie ihm angetan hatte.

Sie ließ ihren Blick über den Passathafen schweifen, hielt kurz inne und gedachte der schönen Momente, blickte zur Passat und zur geliebten Lübecker Bucht. Die Ostsee würde sie vermissen.

Eigentlich hatte sie alles was sie hätte glücklich machen müssen – damals. Ihre übersteigerte Eifersucht hatte alles zerstört. Restlos. Danach hatte sie sich eingeredet, das große Los gezogen zu haben. Sie wollte unbedingt einen Versorger an ihrer Seite, der dann auch sofort in Gestalt eines verkleideten Einfaltspinsels daher kam. Ihr Glück schien vollkommen. Die materiellen Dinge blendeten sie dermaßen, dass ihr anfangs nicht klar war, dass sie ins Klo gegriffen hatte. Dermaßen tief, dass es vielen Außenstehenden sofort klar erscheinen musste. Erst nach und nach schälte sich die Realität für sie heraus. Eine brutale Erkenntnis.

Ihr fiel ein arabisches Sprichwort ein. „*Wenn man mit einem Affen um seines Geldes wegen zusammen ist, bleibt meist nur der Affe und das Geld schwindet.*" Sie lächelte traurig. „Wie wahr" dachte sie und gleich fiel ihr noch ein Zitat von Will Smith ein: „*Geld verändert die Menschen nicht, aber Geld potenziert, wer und was du bist! Bist du gut, macht Geld dich besser. Bist du ein großes Arschloch, wirst du ein Riesen-Arschloch!*" Diese Lektion hatte sie schmerzhaft gelernt. Manchmal muss man den Falschen kennenlernen, um zu realisieren, wer der Richtige war.

Nun litt sie schon lange an den Konsequenzen und sah nur noch einen Ausweg, ihren Qualen zu entkommen. Zufriedenheit durchströmte ihr Herz, wenn sie daran dachte, dass ihrer Seelenqual nun ein Ende bevorstand. Sie glaubte ganz fest an eine Wiedergeburt und an eine neue Chance – in einem anderen Leben.

Sie erteilte sich die Absolution...

002

Die morgendliche Sonne ließ die Ostsee in der Lübecker Bucht funkeln, wie tausende von Diamanten. Die längst erwachte Vogelwelt zwitscherte im fröhlichen Durcheinander. „Ob die verschiedenen Vogelarten sich wohl untereinander verstehen?" fragte ich mich. „Besser noch, wie toll wäre es, wenn wir Menschen auch die Vogelsprache verstehen könnten!"

Eine Schar Möwen begleitete ein einkommendes Fischerboot. Immer auf der Lauer nach einem vom Fischer über Bord geworfenen Beifang. Ich hatte meinen Platz strategisch gut gewählt. Die großen Loungesessel, vom Hotelrestaurant ,Lieblingsplatz - meine Strandperle' an der Promenade, boten mir eine bequeme Sitzgelegenheit mit einem fantastischen Blick auf die Bucht. Die Sonne zeigte sich von ihrer besten Seite. Am Horizont machte ich zwei große Fähren aus, die Travemünde ansteuerten. Ein halbes dutzend Frühschwimmer genossen ihr Bad im ruhigen, glatten Wasser, bevor der Mob den Strand bevölkerte und mit seinen Handtüchern sowie Strandmuscheln den Strand zupflasterte.

Die Ruhe vor dem Sturm, der bei den zu erwartenden Temperaturen die meisten Menschen unweigerlich zum Wasser zog, zu mindestens die, welche bei Verstand sind. Um diese frühe Zeit waren die ehrenamtlichen Mitarbeiter der DLRG noch nicht vor Ort, obwohl sich ein paar Schwimmer ein ganzes Stück weit vom Land entfernt aufhielten. Ein junger Mann zog im routinierten, gut ausgebildeten Kraulstil seine Bahn. Strecke machen. Eine Dame ‚ruderte' in Rückenlage in der Nähe des Ufers. Andere tauchten nur kurz ein paar Mal unter. Eine wohl schon seit Jahren lose verbandelte Gruppe von Genießern, die es verstanden, den vor der Haustür liegenden Outdoorpool, ihrer Seele zuzuführen. Eine rüstige Rentnerin, jenseits der Achtzig, ging angeblich schon seit Jahren ganzjährig, morgens in die Ostsee.

Rundherum entsprach dies einer friedlichen Stimmung. Der leichte Westwind war hier durch die Landabdeckung nicht zu spüren. Vereinzelte Jogger, teils schlurfend, schnaufend oder röchelnd, sodass man schon kurz davor ist, einen Notarzt zu verständigen, passierten mein Sichtfeld. Einige Hunde wurden Gassi geführt beziehungsweise zerrten meistens die Vierbeiner ihre Zweibeinigen Leinenhalter über den Strand und die breite Promenade. Eine rundum friedliche Szenerie. Angesichts dessen, erschien es mir unwirklich, dass es so viel Schmerz und Ungerechtigkeit auf der Welt gab.

Ein schrilles Martinshorn ertönte im Hintergrund und zerschnitt die morgendliche Ruhe. Dies passte so gar nicht in diese vordergründige Idylle. Ich blendete die störende Geräuschkulisse aus und freute mich auf meinen ersten Cappuccino an diesem Morgen. Normalerweise gab es erst ab acht Uhr Service, aber meistens versorgte mich das freundliche Personal schon ab sieben Uhr mit einem leckeren Heißgetränk. Aus dem Restaurant winkte mir schon die erste fleißige Mitarbeiterin zu.

Um acht Uhr wollte ich mit Brötchen zurück sein. Mein Herzblatt musste heute erst zur Spätschicht zum Dienst. Nonome, ihre Tochter, genoss ein paar Verwöhntage bei den Großeltern. Somit konnte Stina endlich einmal ausschlafen.

003

Das türkisfarbene Wasser passte ausgezeichnet zu dem weißen Sandstrand. Über dem Horizont hingen vereinzelt ein paar Wattebäuschchen und ließen den blauen Himmel noch intensiver leuchten. Ihr Körper wurde von einem wohligen Schauer durchlaufen. Das 28 Grad warme Wasser lud geradezu nach einer fantastischen Schnorchelrunde mit ihrem Partner ein. „Jetzt noch etwas Leckeres zu trinken, dann ist das Paradies perfekt" sinnierte sie entspannt.

Als wenn ihr Freund Gedanken lesen konnte, kam er in diesem Moment lächelnd, mit zwei blauen Cocktails in der Hand, auf sie zu und reichte ihr mit einem gehauchten Kuss eines der Gläser. Dankbar griff sie nach einem der erfrischend aussehenden Getränke. Ein unvermittelt, sirenenartiges Klingeln ließ sie erschrecken, sodass der Cocktail durch ihre Finger glitt, durch die Gravitation auf den Boden fiel und die blaue Flüssigkeit gierig vom Sand absorbiert wurde.

Irritiert versuchte sie vergebens das Glas aufzuheben, wobei der Sand nur ein ungewohnt schabendes Geräusch von sich gab. Völlige Dunkelheit umgab sie plötzlich. Die Sirene erklang wieder. Hektisch spähte sie nach einem Lichtschalter. Nichts. Nur wieder das Sirenengeräusch.

„Handy" ging ihr durch den Kopf. Noch völlig schläfrig tastete sie sich an ihr Handy heran. Dazu schälte sie ihren rechten Arm im Zeitlupentempo aus ihrer Bettdecke, ergriff das Telefon und führte beides wieder unter die warme Decke. Der erneute schrille Klingelton setzte etwas Adrenalin frei. „Wal-li-son" nuschelte sie und gähnte ungeniert in den Apparat.

„Stina ?" hörte sie ihren Namen. „Hier ist Martin. Entschuldige, dass ich störe, aber wir haben hier eine Tote. Du solltest vielleicht dazukommen..,

„...Ich habe heute Spätschicht. Das schafft ihr doch sicher ohne mich" unterbrach sie Martin etwas unwirsch.

„Stina, im weitesten Sinne betrifft dies eventuell Deinen Freund York."

Augenblicklich war Polizeioberkommissarin Stina Wallison hellwach. „Wieso, was hat York damit zu tun ?" stieß sie hervor. Die Bettdecke flog in hohem Bogen auf den Boden. Der abrupte Wechsel von der Dunkelheit unter der Bettdecke in das helle Tageslicht ließen ihre Augen blinzeln.

„Eventuell habe ich nur gesagt" wiegelte Martin sofort ab. Er spürte ihre Verteidigungsbereitschaft. An Yorks Integrität gab es bei ihr keinerlei Zweifel. Auch er mochte ihn. Allerdings gab es seltsame Lücken in seiner Vergangenheit. Lücken, welche ihrem Polizeicomputer nicht zugänglich waren. Lücken mit Sperrvermerken. Dazu kam Stinas Freund manchmal an Informationen, die selbst ihren Spezialisten verborgen blieben. York musste teilweise sehr gute Verbindungen haben. Nicht, dass ihn dies weiter beun-ruhigte, aber seine angeborene, kriminalistische Neugier, versuchte ab und an mehr über ihn zu erfahren. Bisher ohne den geringsten Erfolg. Er nahm das sportlich und ahnte bereits, dass ihm hier keine Fortschritte gelingen würden. Warum auch. „Zumindest tauchte sein Name seinerzeit in dem Zusammenhang mit der Toten auf" führte er das Gespräch weiter. Es ist schon ein paar Jahre her, aber Du weißt, im Zuge von Analysen wird alles ins Licht gezerrt. Wir sind noch am Fundort auf der Überseebrücke 1."

Mit einem kurzem „Danke !" beendete Stina das Gespräch und sprang für einen Quickshower unter die kalte Dusche. Sieben Uhr sieben. York war schon, wie bald jeden Morgen, früh auf und zur Promenade oder zum Strand. Sicher brachte er wie immer frische Brötchen mit. „Vielleicht bin ich zum Frühstück wieder zurück" hoffte Wallison und ihre Nase erschnupperte den Geruch der noch nicht vorhandenen knackigen Brötchen. Ihr Magen knurrte wohlig bei diesen Gedanken.

Da sie zu Fuß nur zwei Minuten zur Überseebrücke zurücklegen brauchte, erreichte sie diese bereits um sieben Uhr zweiundzwanzig. Die Volksfestbuden waren um diese Zeit noch alle verschlossen. Im Wendebecken beim Fischereihafen drehte gerade eine große weiße Fähre der TT-Line. Der Brückenbereich war weiträumig abgesperrt, was Sinn machte, denn schon um diese Zeit hatten sich bereits eine Menge Schaulustige eingefunden. „Gaffer" korrigierte Stina sich. Automatisch prägte sie sich die Gesichter der Menschen ein. Wenn es sich um einen Mord handelte, dann war es vielleicht wichtig. Manchmal mischten sich Mörder unter die Schaulustigen und beobachteten die Polizeiarbeit, am Tat- oder Fundort. Mittlerweile versuchte man deshalb, die Menschen per Videoaufnahmen festzuhalten.

Ihre Kollegen nickten ihr geschäftig, aber freundlich zu. POK Wallison erkannte die tote Frau sofort. Hille Stich. Sie schauderte innerlich. Eine Vielzahl an Gedanken rasten durch Stinas Kopf.

004

„Ich werde wirklich nicht jünger" haderte Claus Bolt, dessen Nickname XO war, mit sich. Die Nacht war eindeutig zu kurz. Früher konnte er locker die ganze Nacht durchmachen und ging danach entspannt zur Arbeit. Das war früher. Gut, dass er nicht mehr arbeiten musste. Claus kuschelte sich wohlig unter seiner seidenen Bettdecke zusammen.

Gestern Abend wollten sie eigentlich nur um dreiundzwanzig Uhr das Feuerwerk an der Nordermole anschauen. Vorher hatte er sich mit Stina und York im Restaurant Marina am Lübecker Yacht Club getroffen. Dort schlürften sie gemeinsam einen erfrischenden Aperol Sprizz. Danach schlenderten alle über die Meile, um eine Kleinigkeit zu naschen. Die verschiedensten Düfte reizten nicht nur ihre Nasen, sondern auch ihre knurrenden Mägen. Die Auswahl war riesengroß. Von Fisch über Leberkäse, Schweinshaxen, asiatische, italienische und indische Spezialitäten bis hin zur Bratwurst und mehr.

Schlussendlich entschied Stina. Feinheimisch. Spezialitäten aus der Region. Dazu bestellte York eine kühle Flasche Grauburgunder. Zum anschließenden Schleckern begaben wir uns zum Stand von Eis Höft. Die dort angebotenen Spezialbecher mit frischen Früchten suchten ihresgleichen. Für York, der ein Eiscremegourmet ist, gehört dieser Eiscremeanbieter zu den Besten in Deutschland. So schmeckte es denn auch.

Allerdings begann damit auch die härtere Seite des Abends, denn dort trafen wir auf unsere Freunde Gib und Litze. Die beiden hatten drei attraktive Damen im Schlepptau. Ehe das Eis verspeist war, drückte Litze allen einen Havanna Club Drink, von der unweit liegenden Bar, in die Hand. Locker schwatzend bugsierte er uns dabei durch die Menschenmenge. Ehe wir uns versahen, standen wir am Strand auf dem Areal der Havanna Club Lounge. Nach dem zweiten Longdrink verabschiedeten sich Stina und York. „Das hätte ich auch machen sollen" erinnerten den XO leichte Schmerzen unter der Schädeldecke, welche sich wie ein kleines Feuerwerk bemerkbar machten.

An das eigentliche Feuerwerk vermochte er sich nicht so recht zu erinnern. Das mussten die nachfolgenden Cuba Libre ausgelöscht haben. Warum er nun schon wach war, konnte er sich nicht so ohne weiteres erklären. Ob es das aufdringliche Polizei Sirenengeheul in der Nähe, der Baggerlärm von der großen Waterfrontbaustelle oder das Grunzen in seiner Kammer war.

„Grunzen ?" Irritiert rieb er sich die Augen. Nur langsam stellten sich seine Pupillen auf scharfes Sehen ein. Neben seiner Koje in der Segelyacht ,o.li' lag bäuchlings eine halb-bekleidete Person auf dem Boden. Die langen blonden Haare ließen auf eine weibliche Person schließen. Erschrocken tasteten seine Finger unter seine Bettdecke. „Komplett angezogen" stellte er erleichtert fest.

Die Person grunzte wieder und drehte sich dabei auf den Rücken. Nun erkannte er sie, als eine von Litzes Begleitungen wieder. In der dunklen Nacht sah sie wesentlich appetitlicher aus. „Au weia, XO" sprach er zu sich selbst. „Du musst unbedingt einmal wieder zum Augenarzt !" Eine unangenehme Gänsehaut breitete sich unter seiner warmen Decke aus. „Scheiß Alkohol ! Das war das letzte Mal" schwor er sich leise. Mit Litze auf der Partymeile unterwegs zu sein, schien für ihn immer mit morgendlichen Kopfschmerzen und gelegentlicher Übelkeit einher zu gehen.

Er brauchte dringend einen Cappuccino sowie einen Strammen Max. Den würde er sich gleich bei der Cayade in der Vorderreihe gönnen.

„Na mein Kleiner" gurrte es in diesen Moment vom Boden zu ihm hoch.

005

Der Rechtsmediziner Dr. Kevin Roche packte schon seine Utensilien ein. Stina war immer wieder überrascht, was der Mediziner an Spezialwissen bereithielt. So sehr, wie sie ihn beruflich schätzte, so sehr weit war er ihr privat entfernt. Es war nicht zu übersehen, dass er Stina anhimmelte, doch ihr war der Mann zu blutleer, zu bieder. Normalerweise stotterte Roche ihr gegenüber, nur nicht, wenn es mit seinem Fachgebiet zu tun hatte. So wie jetzt gerade.

„Guten Morgen Stina" strahlte Dr. Kevin Roche sie an. „Es sieht ganz stark nach Suizid aus. Nach Messung der Körpertemperatur und den nächtlichen, doch warmen Temperaturen, wird der Tod zwischen drei und vier Uhr eingetreten sein" sagte der Rechtsmediziner. „Genaueres kann ich Dir bestimmt zum Nachmittag übermitteln. Ein Fremdverschulden schließe ich zu diesem Zeitpunkt aus. Ich empfehle mich schon einmal. Im Institut warten noch zwei Fälle und wenn ich schon so früh auf den Beinen bin, dann kann ich auch gleich weiter machen. Bis später, Stina" verabschiedete er sich.

Ihr Lübecker Kollege Detlef Schlumpberger hockte unter dem Fahnenmast, an der die Leiche bis vor einer halben Stunde noch hing. Er schüttelte leicht seinen Kopf. „Unfassbar. Da steigt die Frau auf einen Eisblock, stößt sich ab und erdrosselt sich. Wäre sie nur eine halbe Stunde später gefunden worden, dann hätten wir vorerst keinen Anhaltspunkt, wie sie an oder mit dem Kopf durch die Schlinge kam. Was treibt einen Menschen zu solch einer finalen Tat ?" Schlumpberger sah Stina Wallison fragend an.

„Ich weiß es auch nicht" gestand Wallison müde ein. „Da müssen schon schwerwiegende Gründe vorliegen. Das ist aber nicht mehr unser Zuständigkeitsbereich. Wenn die Pathologie zu keinem anderen Ergebnis kommt, als die erste Beurteilung vor Ort, dann wird es einen weiteren Suizid in der Statistik geben und die Akte schnell geschlossen werden." Sie zuckte hilflos mit den Schultern. Trotzdem wollte sie den Fall, der im Prinzip keiner mehr war, mit York noch einmal erörtern. Kurz überlegte sie, ob sie ihn anrufen sollte. Gleich darauf verwarf sie den Gedanken. Es war gleich acht Uhr und er würde in den nächsten Minuten mit frischen Simon Brötchen aufwarten. Sie verabschiedete sich einsilbig und machte sich wieder auf den Rückweg.

Vor ihrer Haustür angekommen, bildete Stina sich ein, dass sie York am Leuchtenfeldparkplatz erspähte. Allerdings radelte er nicht zu ihr, sondern in Richtung Vorderreihe. „Da habe ich mich wohl getäuscht" murmelte sie. Wie zur

Bestätigung erschnupperte Stina im Hausflur den realen Duft frischer Brötchen und den frischen Kaffees.

„Guten Morgen" rief sie gut gelaunt beim Betreten der Wohnung und stutzte, als sie den komplett eingedeckten Frühstückstisch sah. Es war nur für eine Person eingedeckt.

Eine Notiz lag auf dem hölzernen Frühstücksbrett.

006

Am Rand der schönen Lübecker Altstadt in einem Haus im Stadtteil St. Jürgen, piepte ein Telefonwecker. Zwei behaarte Hände eines vierundsechzigjährigen legten sich auf die Bettdecke. Mit einem zufriedenen Gähnen streckte er sich langsam im Bett aus und rieb anschließend den Schlaf aus seinen Augen. Mit routinierter Geste nahm er das Handy vom Beistelltisch auf, stellte den Wecker aus und checkte den email-, Post- und WhatsAppeingang. Er fand nichts Besonderes. Sein zweiter Blick galt immer dem abendlichen Fernsehprogramm. Auch dort fand er nichts Außergewöhnliches. Das hieß für ihn, es würde wieder ein langweiliger Serienfilmabend werden.

Mühsam wuchtete er nun seinen Körper von der Schaumstoffmatratze, entledigte sich seines gerippten Unterhemdes und trottete schwer atmend zum WC. Am Wandspiegel im Flur hielt er kurz inne und betrachtete sich verliebt. „Okay, laut Waage habe ich vielleicht 25 Kilogramm zuviel, aber man sieht sie nicht wirklich" dachte er. „Vielleicht stimmt auch etwas mit der Waage nicht!" Dabei atmete er tief ein, hielt die Luft an und zog seinen dicken Bauch etwas ein. Alles straff. Dass ihn der eine oder andere als Qualle bezeichnete, störte ihn maßlos. Er empfand dies als ungerecht, obwohl, gerade dieser Spitzname hatte ihn auf eine geniale Idee gebracht. Wieder grinste er sich zufrieden im Spiegel an. „Armin Stich" sprach er zu sich selbst „Du bist ein geiler Typ !"

Seine Gesichtsfarbe bekam dabei langsam ein ungesundes rot und prustend entließ er die angehaltene Luft, um sofort darauf einen gierigen Atemzug zu nehmen. Währenddessen entrollte sich sein Bauch wieder und die überschüssige Fettmasse wabberte mehrmals hin und her. Das nahm er aber auf dem Weg zum WC nicht mehr wahr. Stich kratzte sich am Sack, setzte sich auf die Klobrille und gleichzeitig eine Brille auf die Nase seines aufgequollenen Gesichts.

In ein paar Wochen würde er um 225.000.- Euro reicher sein. Sicheres und sauberes Geld. „Geld stinkt eh nicht" flüsterte Stich. Innerlich beglückwünschte er sich. Seine geballten Einnahmen explodierten förmlich. Da waren die 9.000.- Euro vor neun Jahren quasi wie ein Taschengeld.

In Gedanken prostete Armin Stich sich mit einem kühlen Bier zu und malte sich verschiedene Szenarien aus, wie er auch noch seine Ehefrau am kostengünstigsten „entsorgen" konnte. Aufteilen kam für ihn nicht infrage. Gegeben hatte er in seinem bisherigen Leben nur, wenn er sich sicher war, dass die Investitionen sich beträchtlich verzinste. Doch er musste hierbei vorsichtig zu Werke gehen.

Stich betätige die Spülung.

007

Bedingt durch die Travemünder Woche herrschte, gegen acht Uhr in der Frühe, schon ein reges Treiben in der Vorderreihe. Die Segler legten letzte Hand an ihren Regatta-booten an, denn die ersten Starts waren schon um zehn Uhr angesetzt. Entsprechend früh krochen die Aktiven aus ihren Zelten oder Wohnmobilen. Jede freie Fläche wurde genutzt, um die verschiedenen Bootsklassen an Land oder um ihre Schlafstätten zu platzieren. Von der Vorderreihe bis über die Strandpromenade zogen sich zusätzlich die ganzen Ver-kaufsstände, Bars, Musikbühnen und Tanzflächen der Schausteller des angegliederten Volksfestes hin. Das Organi-sationsteam der Travemünder Woche behielt dabei in jeder Phase den Überblick. Eine logistische Meisterleistung.

Mit meinem Fahrrad umkurvte ich die temporären Hin-dernisse und erreichte einen Augenblick später die ‚Cayade', um dort meinen Freund und XO auf einen Cappuccino zu treffen. „Ein kleiner Notfall" hatte er mir am Telefon aufgeregt mitgeteilt. In Stinas Wohnung regte sich noch nichts und ich ließ sie weiter schlafen. Der Frühstückstisch war schnell eingedeckt und die Kaffeemaschine brühte in-zwischen frischen Kaffee. Der Duft von frischem Kaffee und knackigen Brötchen würde sie wecken. Eine Kurznotiz lag auf dem Frühstücksbrett.

„Morgääääähn" begrüßte ich die Betreiberin Inci, was Perle bedeutet, und meinen Freund XO, der gerade sein silbernes Smartphone ausstellte und draußen in der Sonne am ersten Cappuccino schlürfte. Claus, so hieß der XO im wirklichem Leben, sah ein wenig übermüdet aus. Ich ahnte bereits, in welcher Gestalt der Notfall in sein Leben getreten war, schließlich war er noch mit Litze unterwegs gewesen. „Wie heißt denn der kleine Notfall?" kam ich gleich zum Punkt.

Gequält sah er mich an. „Genau genommen sind es zwei. Zum einem bin ich mit einer von Litzes Mädels aufgewacht. Ich kann mich gerade nicht mehr genau an den Verlauf des ganzen Abends erinnern. Irgendwie lag die heute Morgen in meiner Koje. Von Anmut keine Spur. Allerdings hatte ich meine Kleidung noch an. Das stimmt mich einigermaßen optimistisch. Ich denke da war weiter nichts – hoffentlich!"

Ich grinste nur. Was sollte ich auch dazu sagen ? „Du hast von zwei Notfällen gesprochen..?"

„Da wird es schon komplizierter. Ich habe vor dreißig Minuten einen Anruf aus Kenia bekommen. Mein Bruder Werner ist überraschend verstorben. Ich müsste eigentlich sofort nach Mombasa fliegen und die Formalitäten vor Ort abwickeln. Da hat auch schon gleich so ein windiger Bestattungsunternehmer angerufen. Sein Englisch war nicht so toll, aber die Kosten belaufen sich laut seiner Aussage auf eine Höhe von 1.000.- Euro. Das empfand ich für Kenia recht hoch, denn der durchschnittliche Verdienst liegt nur bei 50.- Euro. Einen Auftrag habe ich deshalb noch nicht erteilt. Nicht bevor ein detailliertes Angebot vorliegt..." Das Handy vom XO klingelte.

„Die Frau des Bestatters, eine Deutsche" raunte er mir zu. „Was beinhalten denn die 1.000.- Euro ?" hörte ich ihn fragen. „Wie ? Ein Übermittlungsfehler ? 3.000.- Euro ?" Ungläubig blickte er mich dabei an. „So schlecht ist mein Englisch aber gar nicht, dass ich eintausend und dreitausend verwechsele. Ich möchte doch kein Staatsbegräbnis. Hören Sie mal, so eine Summe kann doch kein normaler Kenianer aufbringen. Ich kenne die Preise vor Ort. Mein Bruder hat dort sechs Jahre verbracht und soll nach kenianischen Preisen beerdigt werden." Claus erhob leicht seine Stimme. „Das ist doch nicht Ihr Ernst ? Jetzt sind Sie schon bei 4.000.- Euro und dies soll ein Sonderangebot sein ? Das ist doch lächerlich. Hier an der Ostsee gibt es schon eine komplette Seebestattung für unter 1.800.- Euro. Ich finanziere doch nicht einen kompletten Kraal. So erhalten Sie keinen Auftrag von mir !" Claus beendete das Gespräch. Er wandte sich an mich. „Was bildet die sich denn ein ? Sie wollte mir weiß machen, dass der Preis normalerweise bei 6.000.- Euro liegt. Das Gespräch habe ich lieber beendet, denn noch fünf Minuten länger, dann hätte sie sicher die 10.000.- Euro Marke geknackt" entrüstete er sich.

„Die versuchen es halt. Wenn dort ein Weißer, also ein sogenannter Mzungo auftaucht, setzen die das sofort mit Reichtum in Verbindung. Selbst als Hartz IV Empfänger lebst du dort doch wie ein Privilegierter. Deshalb und wegen der Prostitution, fast zum Nulltarif, verbringen viele Rentner ihren Lebensabend im warmen Kenia. War Dein Bruder aus den gleichen Gründen vor Ort?"

Der XO ging auf meine Frage nicht weiter ein. Sein Blick verriet mir jedoch die Antwort. Nach einer kurzen Pause: „York, Du weißt, ich habe Flugangst und intensiver Sonnenstrahlung soll ich meine Haut nicht mehr aussetzen." Leise und mit einem fragenden Blick schaute er mich an. „Weißt Du, wer mir dort vor Ort helfen kann?"

„Ich war niemals in Kenia und kenne dort auch niemanden." Die Augen des XO ruhten weiter stumm auf mir. „Du hast jetzt nicht wirklich an mich gedacht?" Ich zog die Augenbrauen hoch. „Oder?" hakte ich ungläubig nach.

„Ich vertraue Dir und mir fällt niemand anderes ein. Das ist doch bestimmt in vier bis fünf Tagen erledigt. Ich spendiere Dir auch einen Comfortclassflug."

„Am kommenden Sonntag haben Stina und ich seit langem einen Tagesausflug mit der M.S. ‚HANSE' nach Lübeck ins Hansemuseum geplant." Ich sah dabei Claus in seine traurigen Augen und fügte schwach hinzu: „Vielleicht gibt es so schnell gar keinen Flieger."

„Heute 14:30h ab Hamburg mit KLM nach Amsterdam und dann weiter mit Kenya Airways über Nairobi nach Mombasa" sprudelte es aus ihm heraus. „Um 08:30h wärst Du schon da und Werners Vermieter Lothar holt Dich dort direkt ab."

Verblüfft schaute ich den XO an. „Arman, ich brauche dringend einen doppelten Espresso" rief ich dem Chef des Hauses zu.

Keine zwei Minuten später stand dieser dampfend vor mir.

008

Mit einem Kaffee in der einen und einem mit Marmelade belegten Brötchen in der anderen Hand, schritt Armin Stich durch die Küche zum Wohnzimmer. In der kleinen Arbeitsecke setzte er sich auf den Bürostuhl, fuhr den Computer hoch und biss derweilen in sein Brötchen. Schmatzend kaute er auf dem letzten Bissen. Gerade wollte er mit einem Schluck Kaffee nachspülen, da läutete die Haustürklingel. Sicher die Post, vermutete er und erhob sich umständlich aus dem Stuhl.

Der Blick durch den Türspion widersprach seiner Vermutung. Zwei leger gekleidete Männer standen unter dem Baldachin. „Herr Stich ? Herr Armin Stich ?" erkundigte sich der Größere und hielt ihm eine Kriminalpolizeimarke und seinen Dienstausweis vor.

„Sie hatten sie also schon gefunden. Prima !" freute er sich innerlich. „Je früher, desto besser !"

„Mein Name ist Oberkommissar Detlef Schlumpberger und dies ist mein Kollege Pit Zag. Entschuldigen Sie die frühe Störung, aber es geht um eine Familienangelegenheit. Dürfen wir hineinkommen?"

Stich bat sie herein und führte sie in das Wohnzimmer. „Ob so ähnlich wohl auch Top Lottogewinner benachrichtigt werden ?" fragte er sich und zählte in Gedanken, freudig erregt, die Summe von 225.000.- Euro in 500-Euro-scheinen. Er war einfach Geldgeil. „Na und ?" Nach außen hin legte er sein freundliches, neutrales Gesicht zur Schau. Das hatte er als Verkäufer drauf.

Nachdem alle drei einen Sitzplatz eingenommen hatten, ergriff POK Schlumpberger wieder das Wort. „Wir müssen Ihnen leider eine traurige Mitteilung machen."

„Ja,ja. Nun mach schon" forderte Stich ihn in Gedanken auf.

Schlumpberger räusperte sich. „Wir haben heute Morgen gegen sieben Uhr Ihre Frau Hille in Travemünde tot aufgefunden. Es tut mir leid. Unser Beileid. Wir müssen dazu leider ein paar Fragen beantwortet bekommen. Fühlen sie sich dazu im Stande ?"

Armin Stich wurde blass. In seinen Ohren summte es. Er verstand nicht richtig. Wieso Hille ? Natürlich hatte er mit einem Besuch der Polizei gerechnet, aber doch nicht wegen Hille. „Hille, ja um Gottes Willen, was ist denn passiert ?" stammelte Stich. Er begriff es immer noch nicht.

„Nun, offensichtlich hat sich Ihre Frau erhängt. Ein Fremdverschulden schließen wir nach derzeitigen Erkenntnissen aus." POK Schlumpberger schaute sich interessiert im Wohnzimmer um. Insgesamt geschmackvoll eingerichtet befand er für sich. Sicher die Handschrift seiner Frau. Ex-Frau. „Litt Ihre Frau an Depressionen oder ist Ihnen etwas Bemerkenswertes aufgefallen ?"

„Nein, nein" wehrte Armin Stich entschieden ab. Wir haben eine besonders glückliche Beziehung gepflegt. Ich nahm an, dass sie noch im Bett liegt und schläft." Der Kommissar sah ihn fragend an. „Wir haben getrennte Schlafzimmer, ähem.., ich schnarche ziemlich laut, müssen Sie wissen. Sie schläft in letzter Zeit gerne lange und ich habe nicht nachgesehen." Er nahm seine Brille ab und schniefte laut in ein Papiertaschentuch. „Die Tür quietscht und muss mal geölt werden, obwohl, jetzt macht es auch keinen Sinn mehr." Er blickte die beiden Kriminalpolizisten mit einem verwirrten Blick an.

Zehn Minuten später verabschiedeten sich die beiden Beamten, nachdem sie Armin Stich zum Nachmittag, zur Identifikation, in die Leichenhalle einbestellt hatten. „Der war aber sichtlich geschockt" gab Pit seinen Eindruck wieder. „Armer Teufel."

„Irgendetwas hat mich gestört" sinnierte Schlumpberger laut „und die zwei Meter große Giraffe war es jedenfalls nicht."

Sein sechster Sinn hatte ihm, im Nachhinein, oft Recht gegeben. Er verspürte wieder dieses Kribbeln am Hinterkopf.

Währenddessen schritt Stich debil grinsend zum Regal, wo vierundzwanzig weiße Ordner sorgfältig aufgereiht standen. Für jeden Buchstaben einen Ordner. X, Y und Z waren in einem Ordner zusammen gelegt. „V – V - V... – hmmmh. Fehlt. Ach ja." Sein Gehirn arbeitete noch nicht wieder einwandfrei. Diese Nachricht hatte ihn durcheinander gebracht. Er wandte sich um und ging zum Wohnzimmertisch. Den V-Ordner, worin die Versicherungsunterlagen aufbewahrt wurden, den hatte er gestern Abend durchgeblättert und wohl nicht zurückgestellt.

Sein Zeigefinger glitt an den Einlagen entlang und blieb bei ‚L' hängen. ‚L', wie Lebensversicherung. Freudig blickte Armin Stich auf die aufgeführte Summe: 500.000.- EURO.

„Das ist der Jackpot!" entfuhr es ihm. Erschrocken hielt er in seine Gedanken inne. Rasch überflog er die Einschränkungen der Lebensversicherung. Nach kurzer Zeit fand er, was er suchte. Erleichtert las Stich: Freitod mit eingeschlossen.

„Jap!" Er öffnete sich eine kühle Flasche Bier.

009

Mit einem kleinen, schlechten Gewissen betrat ich Stinas Wohnung. „Guten Morgen" rief ich Stina beim Hereinkommen fröhlich zu. „Sorry, mein Engel, der XO hatte einen Notfall. Ich muss ihm da unter die Arme greifen, aber lasse mich schnell ein, zwei Brötchen essen. Dabei kann ich Dich kurz auf den neuesten Stand bringen." Ich gab Stina einen

Kuss auf ihre schön geschwungenen Lippen und entledigte mich meiner Schuhe und Weste. Der Küche entnahm ich ein hölzernes Küchenbrett, Besteck und einen Porzellanbecher.

„Setze Dich erst einmal. Ich gieße Dir einen Kaffee ein." Ihr ernster Gesichtsausdruck ließ mich stutzen. „Während Du unterwegs warst, bin ich zu einem Einsatz gerufen worden. Eine Frau hat sich auf der Überseebrücke 1 erhängt."

„Das ist ja furchtbar."

„Ja, du kennst leider diese Frau. Es ist Hille Stich, früher Hille Hirsch."

„Wie ?" entfuhr es mir. „Hille ? Das kann nicht sein."

„Du warst mit ihr doch einige Zeit zusammen ?" Ihre dunkelbraunen Augen sahen mich freundlich an.

„Ja, sogar ein paar Jahre. Danach ist sie doch mit dem Spacken zusammen gekommen. Qualle nennen wir den bloß. Der hat sich damals ganz übel angebiedert. Stülpe einer fetten Qualle eine rote Jacke über, lege ein wenig Geld daneben und schon sehen manche Frauen darin einen Prinzen. Bis sie dann irgendwann aufwachen."

„Oder sich Aufhängen" ergänzte Stina. „Ich äußere mich selten abfällig über Menschen, aber als ich den Typen das erste Mal gesehen habe, da dachte ich auch sofort an eine Qualle.

„Allerdings leben Quallen bereits seit 500 Millionen Jahren auf der Erde und dass, obwohl sie kein Gehirn haben. Eigentlich eine gute Nachricht für viele Menschen – oder ? Der hat bei der Geburt bestimmt schon so ausgesehen, als hätte er ein Alkoholproblem."

Stina verzog ihr Gesicht. „Es gab da doch einigen Ärger. Magst Du darüber sprechen ? Wie stellte sich das seinerzeit dar ? In den Akten ist nichts weiter zu finden. Die Anzeige gegen Dich, wegen Stalking, wurde ja von der Staatsanwaltschaft eingestellt."

„Warum nicht. Es ist kein Geheimnis. Wo fange ich an ? Hille war zu unserer Zeit extrem eifersüchtig und tickerte regelmäßig aus. Da brauchte mich nur einmal eine Frau von einem Nachbartisch anschauen, schon hatte ich mit ihr eine angebliche Affäre, obwohl ich diese Person noch nie in meinem Leben gesehen hatte. Das steigerte sich in den Jahren von Wutanfällen bis zu Gewaltausbrüchen. Hille hat sich dann auf mein Anraten hin, in psychotherapeutische Behandlung begeben. Nach ein paar Monaten bekam ich den Eindruck, dass sich ihr Verhalten gebessert hat, aber dann ist sie auf der ‚O.li' völlig unmotiviert ausgerastet. Bis dahin lief der Abend super. Gutes Essen, gute Getränke, gute Gespräche. Der Aufhänger war dann der Hausschlüssel meiner Exfrau, der gleichzeitig auch mein Büroschlüssel war. Sie hat nicht verstanden, dass ich den Schlüssel nicht im Hafenbecken versenken wollte, zumal ich etwa alle acht Wochen ins Büro an die Weser gefahren bin und diesen dann natürlich brauchte. Meine freie Zeiteinteilung missfiel ihr ebenso, wie die letzten fehlenden Utensilien in der Wohnung, obwohl ich im Prinzip fest mit ihr zusammen wohnte. Geheiratet werden wollte sie auch. Dieses Thema und die letzten Utensilien, hatte ich damals hintenan gestellt, bis sie einen überschaubaren Zeitraum nicht mehr austickerte, wg. Nichts. Entschuldige Dich einmal für Nichts. Das geht auf Dauer nicht."

„Das muss ein Martyrium gewesen sein. Eifersucht verlangt nach Liebesbeweisen, die echte Liebe nicht erbringen kann."

„Das habe ich auch so gesehen. Ich habe dann mit ihr die Beziehung beendet. Nach wenigen Tagen ist sie dann schon mit der Qualle zusammen gekommen. Der stand schon ewig in den Startlöchern und sah seine Chance als gekommen. Er hat gleich eine Reise abgebrochen und ist mit fliegenden Fahnen zu ihr geeilt. An eine vernünftige Aussprache war danach nicht mehr zu denken. Ich habe ihr zahlreiche Textnachrichten zukommen lassen, aber die Qualle hat es verstanden, sich dazwischen zu quetschen, alles zu blocken und ihr die Chance verbaut, sich zu finden. Als Krönung hat er sie dazu gedrängt, Anzeige wegen Stalking gegen mich zu erstatten. Peinlicherweise hat er mir das lautstark bei den Außenplätzen der Cayade aufgetischt, wo ich gerade mit ein paar Freunden und Offiziellen der Travemünder Woche saß. Einem Rauswurf ist er gerade noch zuvorgekommen. Selbst an den Nachbartischen, wo mir unbekannte Gäste saßen, forderten ihn die Leute auf, sofort das Areal zu verlassen."

„Naja, Der Hirntod wird bei vielen erst nach Jahren festgestellt" warf Stina dazwischen. „Kopflos verliert man am Schnellsten sein Gesicht."

„Ist ja auch nichts daraus geworden. So ein Quatsch. Selbst die Polizei konnte kein Stalking erkennen. Sie müssen einer Anzeige allerdings nachgehen, aber das weißt Du ja. Die Qualle wollte mich auf diese Art mundtot machen, aus Angst, ich könnte eventuell doch noch Hille erreichen. Er wird zumindest unbewusst geahnt haben, dass er immer nur die ‚Krücke' blieb, egal was Hille ihm erzählte.

Mit einer befreundeten Psychiaterin habe ich lange darüber gesprochen. Sie war der Meinung, das Hille an einer pathologischen Eifersucht litt, welche in totalen Verlustängsten begründet lag. Das ist auch als Othello Syndrom bekannt. Die Symbole Hausschlüssel, Heirat, Utensilien, etc., standen nur für eine Form der Verlustangst. Eine Bedienung dieser Symbole hätte nichts verändert, allenfalls eine aufschiebende Wirkung gehabt. Das ursächliche Problem lag weit vor meiner Zeit. Da hätte nur eine Langzeittherapie, wenn überhaupt, von mindestens drei bis fünf Jahren geholfen. Die Qualle ist nur eine Flucht vor der Realität gewesen und kam aus ihrer Enttäuschung heraus. Er bot ihr wohl die eingeforderte Symbolik und hat ihre Enttäuschung zu nutzen gewusst, die richtigen Knöpfe gedrückt und innerhalb ein paar Tagen einer ‚Gehirnwäsche' untergezogen, meinte die Psychiaterin. Die pathologische Eifersucht ist gut erforscht und da gibt es wenig Interpretationsspielraum. Diese jetzige Entwicklung hatte sie mir seinerzeit prophezeit. Kurzes Symbolglück, Heirat und dann platzt irgendwann die ‚Bombe'."

„Da hat die Psychiaterin leider Recht behalten." Stina schaute mich mitfühlend an.

„Traurig, dass es soweit gekommen ist. Das hat sie nicht verdient. Für kurze Zeit habe ich mich damals bemüht, die Wogen und Symbole zu glätten, aber als mir diese Symbolhaftigkeit endlich klar wurde, da wollte ich sie gar nicht mehr zurück haben und war froh, sie los zu sein."

„Mit so einem Typen an der Backe kann auch niemand glücklich werden."

„Die Qualle hat immer so eine Gutmenschmasche drauf. Seine letzten beiden Expartnerinnen haben auch jahrelang seine Schulden abgestottert. Das war der Grundstock für seinen Symbolluxus. Deswegen rümpfen die, welche Hintergrundwissen besitzen, im Segel Club die Nase, wenn sie die Qualle sehen. Eine wirtschaftliche Flaute kann man ändern – Blödheit nicht. Hille war damals wohl geblendet von den kleinen Statussymbolen."

„Na weißt Du, selbst Aschenputtel hat nur den Schuh verloren und nicht den Slip" warf Stina ein. „Wie sagt der Leiter der Sitte gerne: *Es gibt Menschen, da beginnt das Gewissen erst dort, wo der Vorteil aufhört. Professoren, Fußballer und Sozialnutten, gehen ohne Gewissensbisse überall hin, wo man ihnen ein paar Cent mehr bietet. Letzt genannte sind dabei so fies, sie nehmen den echten Huren die Arbeit weg - in der Regel kostenlos.* Dem kann ich nicht viel hinzufügen."

„Das muss die Qualle irre gewurmt haben, dass er doch bei allem materiellen Einsatz, der ewige Ersatzspieler geblieben ist. Obwohl ich glaube, dass der Typ in seiner Selbstgefälligkeit dafür zu blöd ist. Sicher zieht er aus ihrem Tod noch seinen Vorteil. Traurig ist, das manche Frauen aus Torschlusspanik und Kränkung, ihre Ideale, Träume und sogar ihre Liebe verraten. Später gehen sie dran zugrunde. So etwas macht mich betroffen.

„Alles ist veränderlich. Alles ist volatil. Übrigens war Hille überaus kreativ. Sie hat sich mit einer Art Henkersknoten aufgehängt. Ein Seilende hat sie durch eine eingespleißte Messingkausch geführt und als Stehhilfe einen Eisblock verwendet. Eine Stunde später wären die Spuren abgetrocknet. Wusstest Du, dass Hille mehrere Tattoos am Körper besaß ? Unter anderem gab es ein Datum mit römischen Ziffern: 28.Juli, das Datum von Heute."

Mir krampfte das Herz ein wenig zusammen. „Krass. Stina, das war der Tag, an dem wir uns kennengelernt haben und jetzt ihr Todestag. Sicher kein Zufall." Wieder ein Symbol. Ein Wink mit dem Zaunpfahl!

Stina nickte. „So etwas habe ich beinahe vermutet. Was wolltest Du mir eigentlich für eine Neuigkeit erzählen ?"

„Ich fliege heute Mittag nach Kenia. Nach Mombasa."

Das saß. Stina schaute leicht säuerlich und warf einen Blick auf ihr klingelndes Handy.

Gibt dir das Leben Zitrone, bestelle einen Tequilla dazu.

010

Der Tod seines Bruders Werner, machte Claus Bolt schwer zu schaffen. Er brauchte Zerstreuung. Dankenswerterweise hatte York zugesagt, die Abwicklung vor Ort vorzunehmen. Im Moment konnte er nicht mehr viel Helfen. Das Ticket war gebucht und York wollte alleine zum Airport fahren.

Auf dem Priwall herrschte nerviger Baulärm. Die umfangreichen Bauarbeiten des umstrittenen Waterfrontprojektes, politisch gegen jedwede Interessen der Priwallbewohner und auch Travemünder durchgesetzt, liefen auf Hochtouren. Bis 2020 soll dort eine große, im langweiligen Bauhausstil erstellte Bettenburg mit Shoppingmeile, entstehen. Weder der Bauherr, die Politik, noch die Architekten bekleckern sich da mit Ruhm und Fantasie. Der Priwallhafen kam somit für ihn als Rückzugsort nicht in Frage. Er erinnerte sich, dass York von einem Ausflug mit dem Panoramaschiff M.S. ‚HANSE' ins Hansemuseum schwärmte. Er blickte auf seine Armbanduhr. Zehn Uhr neunundfünfzig. Elf Uhr ist Abfahrt.

Schnell schnappte er sich seine kleine Umhängetasche und spurtete auf die Kaiserbrücke. Gerade wurde die Gangway abgehängt. „Hallo" rief er „ich möchte noch mit !" Mit einem Satz setzte der XO auf das Panoramaschiff über.

„Das war knapp" begrüßte ihn eine schlanke, blonde Frau. „Kommen Sie erst einmal wieder zu Atem, dann schauen wir weiter." Lächelnd entschwand sie in Richtung Theke.

Die Schiffsmotoren setzten das Schiff in Fahrt und sie glitten die Trave hinauf. Durch die großen Panoramafenster sah er erst die Altstadt vorbeiziehen und kurz danach passierten sie den Skandinavienkai, an dem drei große Autofähren angedockt waren, um danach den wunderschönen Naturwindungen der Trave weiter zu folgen. Claus war begeistert. Von jedem Platz gab es einen herrlichen Ausblick. Der Kapitän versorgte die Gäste derweil mit kurzweiligen Informationen. Neugierig erklomm er die Treppe zum offenen Oberdeck. Auch dort wurde er mit einem tollen Ausblick belohnt und der laue Wind strich um seine Nase. Ganz nach seinem Geschmack.

„Darf ich Ihnen etwas zu Trinken anbieten oder etwas aus unser hervorragenden Küche ?" fragte die blonde Dame und übergab ihm die Speisekarte. „Heute haben wir unseren Krabbencocktail und den HANSE Fischteller im Angebot. Wenn es etwas Süßes sein darf, kann ich Ihnen Christel's Spezialpfannkuchen wärmstens empfehlen." Mit einer lässigen Bewegung strich sie sich eine Locke aus dem Gesicht.

„Das heiße Getränk, welches nach den Kapuzinermönchen benannt wurde und Ihren Tipp, den Spezialpfannkuchen, wähle ich dann gerne. Den Fahrpreis für die Hin- und Rücktour muss ich noch entrichten. Zurück bitte die Spättour. Ich möchte das Hanse Museum besuchen."

„Kein Problem, das rechne ich mit Ihnen zum Ende der Fahrt ab. Eine Strecke dauert 9o Minuten, da bleibt genug Zeit. In Lübeck haben Sie dann viereinhalb Stunden Aufenthalt. Das Museum liegt gleich vis-a-vis. Ich habe jetzt einen Capuccino und Christels Pfannkuchen für Sie notiert. Genießen Sie weiterhin die Fahrt."

Claus dachte an seinen verstorbenen Bruder. Er lebte überwiegend in seinem geliebten Kenia. In der Wärme fühlte er sich wohl. Das Leben erschien ihm dort so leicht. Ein Leben ohne Hektik, ohne Stress. Sein älterer Bruder Werner unterstützte in den Slums von Shanzu, unweit von Mtwapa, eine kleine Kinderschule. Hier fehlte es an allem, vorrangig an Essen. Vor knapp vier Wochen hatten Werner und er noch einen ganzen Monat in Travemünde verbracht. Sie hatten zusammen gescherzt, gelacht und viele Freunde besucht. Auch wenn er ihm einen ruhigeren und gesünderen Lebenswandel anheim gelegt hatte, ein baldiges Ableben ist ihm dabei nie in den Sinn gekommen. So schnell ändert sich die Realität. Der XO war dankbar darüber, dass sie zusammen noch die Novemberwochen erlebt hatten. Viele kleine Episoden fielen ihm ein. Er schmunzelte. Wenn auch sich ihre beiden Lebensinhalte vom Grundsatz her unterschieden, Werner hatte es verstanden zu Leben. Nur eben zu kurz.

Sie befanden sich gerade auf Höhe der Lehmannkais in Schlutup. Bei dem abwechslungsreichen Panorama und mit der Sonne im Rücken entspannte der XO langsam.

Die chronisch unterbesetzte Travemünder Wasserschutzpolizei, etwa dreißig Prozent der Stellen waren eingespart
worden, hatte nicht nur in diesen Tagen alle Hände voll zu
tun. Es kamen immer mehr Aufgaben für die Beamten hinzu, was sie mit immer weniger Personal abdecken mussten.
Sie waren längst an ihre Belastungsgrenze angekommen und
schoben tausende an Überstunden vor sich her. Wann und
wie sollten die jemals wieder abgebaut werden ? Derzeit
konnte weder die Verwaltung noch die Politik eine Antwort
darauf geben.

Heute Vormittag hatten sie unter anderem schon sechs
Einsätze, wegen Feuerquallen, mit den orangefarbenen,
schnellen Rib Booten, gefahren. Dieses Jahr war es unge-
wöhnlich schlimm. Badegäste, die zu weit vom Strand weg
schwammen, erleiden teils sehr unangenehme Verbrennungen durch die Nesseln der Quallen. Meist konnte ihnen mit
dem Aufbringen von Rasierschaum geholfen werden. Lieber
mit Rasierschaum, als mit scharfen Waffen im aktiven Einsatz scherzten die Kollegen untereinander. Der Humor hielt
ihre Moral am Leben. So gab es wenigstens keine Schuss-
verletzungen. Sie trugen an Bord im Regelfall auch keine
schusssicheren Westen, dafür immer eine automatisch, auf-
blasbare Rettungsweste. Mit der konnte man nicht schwim-
men, aber auch nicht untergehen.

Gerade wurden sie zu ihrem siebten Einsatz dieser Art gerufen. Diesmal sollte die Person schon leblos im Wasser
treiben. Mit zwei Ribs sausten sie mit dreißig Knoten Speed
zu der angegebenen Stelle. Tatsächlich trieb ein lebloser Körper auf dem Wasser.

Der siebenzwanzigjährige Polizeimeister Malte Scheel diri-
gierte sein Rib dicht neben den Körper. Eine Frau in einem
geblümten Badeanzug. Zusammen mit seinem zwei Jahre
älteren Kollegen Hans, bargen sie die Person unter Zuhilfe-
nahme eines Bergungstuches ab und legten sie vorsichtig in

das kleine Boot. Das zweite Rib rauschte heran. Mit POK Stina Wallison am Steuer.

„Da ist nichts mehr zu machen" rief Malte ihr zu. Ich bin zwar kein Arzt, aber diese Frau ist definitiv tot. Sie hat diverse Quallenverbrennungen am Körper. Ich vermute einmal, dass sie ein schwaches Herz hatte."

„Mit Vermutungen kommen wir nicht weit. Ich informiere die Rettung, dann sollen sie den Körper gleich zu Dr. Kevin Roche schaffen, um die genauen Umstände abzuklären. Das ist für das Seebad eine Katastrophe. Ich sehe schon die Schlagzeile: Mörderquallen vor Travemünde. Da kommt doch niemand mehr hier her und geht bei den warmen Temperaturen ins Wasser zum Baden. Da können die Medien gleich einen Haialarm ausrufen." Sie funkte die Leitstelle an.

Die Sesselfurzer werden versuchen, uns das wieder anzuhängen" seufzte Wallison. Nachdenklich drehte sie bei. „Nicht nur Personaleinsparungen in allen Dienststellen, nein, die Politik knüppelte noch oben drauf, obwohl sie die Einsparungen zu verantworten hat" ärgerte sich die POK. Die Kommissarin war gespannt, mit welchem Ergebnis der Rechtsmediziner Roche aufwarten wird.

012

Zufrieden schnalzte Claus mit der Zunge. Christel's Spezialpfannkuchen mundete ihm außerordentlich. Der Teig war sensationell locker und mit Puderzucker bestreut. Die Füllung beinhaltete einen leckeren Erdbeermus. Dazu gab es diverse, leckere, frische Früchte, eine Kugel Vanilleeis und Sahne. Eine Gourmetbombe.

„War alles recht ?" erkundigte sich eine zweite blonde Servicekraft. Sie strahlte den XO an und entsorgte das Besteck und Geschirr, nachdem er sich sehr zufrieden über die Speise äußerte. Einen Moment später erschien sie am Nachbartisch und servierte dem Mann, der mit dem Rücken zu ihm gewandt war, ein kühles Glas Sekt.

„Dreizehn Euro für ein Glas Sekt ?" beschwerte sich der Gast lautstark. „Das habe ich noch nirgends bezahlen müssen." Die Stimme des Mannes wurde eine Oktave schriller.

„Sie haben doch ausdrücklich den Jahrgangssekt bestellt. Der ist eben sündhaft teuer, aber auch etwas ganz Besonderes" erwiderte die junge Servicekraft in einem freundlichem Ton. „Normalerweise können wir den nicht glasweise ausschenken. Jetzt haben wir eine Ausnahme gemacht und Sie beschweren sich auch noch darüber ?"

Unwirsch schmiss der Gast den Betrag von dreizehn Euro auf den Tisch. „Trinkgeld gibt es nicht" herrschte er sie an.

Die Servicekraft steckte das Geld in ihr Portemonnaie, drehte sich um, verdrehte in Richtung des XO ihre braunen Augen und nahm am übernächsten Tisch die Bestellung auf. Inzwischen hatte sich ein großer junger Mann neben den Tisch des unflätigen Gastes aufgebaut. Der unwirsche Gast wandte sich um. Der XO erkannte in ihm die Qualle.

„Ist der Platz neben Ihnen frei ?" fragte der Riese in einer überdeutlichen Lautstärke, aber mit liebenswerter Stimme. Irritiert nickte die Qualle. „Dann denken Sie doch einmal darüber nach. Schönen Tag noch." Der junge Mann drehte sich um und schlenderte langsam zum Bug des Schiffes. An den Nebentischen wurde beifällig genickt.

Mit hochrotem Gesicht und Schnappatmung, verließ die Qualle, unter dem Gelächter der umstehenden Fahrgäste, hektisch das Oberdeck. Beinahe wäre er dabei noch mit einer Dame und ihrem Rollator zusammengestoßen. Erschrocken blickte sie ihm hinterher.

Seinen Jahrgangssekt ließ er dabei unangetastet in der Sonne zurück.

013

Die Lübecker Rechtsmedizin liegt im Stadtteil St. Jürgen, in der Kahlhorststraße. POK Wallison befand sich auf dem Weg zu Dr. Roche. Mit ihrem Dienstfahrzeug benötigte sie eine gute halbe Stunde, was nicht schlecht war. An manchen Tagen konnte die Fahrt gut und gerne eine Stunde dauern.

Auf der Strecke zum Institut gestattete sie sich eine kurze Ablenkung. Ihr Freund York befand sich schon auf dem Weg nach Kenia. Sie hoffte, dass er in sechs, sieben Tagen wohlbehalten zurückkam. In den afrikanischen Ländern besteht eine erhöhte Terrorgefahr. „Die teils bittere Armut und deren einhergehenden Probleme sind ebenfalls nicht zu unterschätzen" murmelte Stina. Sie wusste, dass York sich ausgezeichnet verteidigen kann, nur gegen Heimtücke oder Schlimmeres, gab es wenig eigene Möglichkeiten. York hatte sie beruhigt und sie ging vorrangig davon aus, dass alles glatt verlaufen wird.

Deshalb stieg Stina Wallison gut gelaunt aus dem Wagen. Kurz vor dem Eingang hielt sie kurz inne, um ihren Lungen noch ein paar tiefe Atemzüge Frischluft zukommen zu lassen. In den Kellerräumen des Instituts bekam ihre gute Laune stets einen Dämpfer. Dies war definitiv nicht der Ort ihrer Wahl. Sie hatte für alle Fälle etwas Pfefferminzpaste dabei.

Im Vorraum begegnete ihr Dr. Roche mit seiner hageren

Gestalt und dem kalkweißen Gesicht. „St-St-ina" stotterte er „Du-Du bist schon da ?" Solange der Mediziner sich verbal nicht in seinem Fachgebiet bewegte, stotterte er ihr gegenüber. „I-Ich b-bin noch nicht so-soweit" entschuldigte er sich.

„Ich war zufällig in der Nähe" log sie, denn sie wollte nicht nur untätig auf die Ergebnisse warten „und da ist der Wagen beinahe von selbst abgebogen." Sie lächelte ihn an. „Ich finde es immer besser, Informationen direkt aus erster Hand zu erhalten" was wiederum stimmte.

„A-Also es ist so" stammelte Roche noch ein wenig, was sich im Verlauf des weiteren Gespräches verflüchtigte. „Ähem, also die Frau Stich hat eindeutig Suizid begangen. Da gibt es nichts Unstimmiges. Darüber hinaus finden sich an beiden Unterarmen Kratzspuren. Die hat sich die Frau jedoch selber zugefügt. Ich tippe einmal auf stressbedingte Reaktionen. Bis auf die Tatsache, dass sie für ihre Körpergröße leicht untergewichtig ist, konnte ich keine ungewöhnlichen, organischen Schädigungen ausfindig machen. Vor Jahren muss sie Raucherin gewesen sein, aber das ist in diesem Zusammenhang vollkommen unrelevant."

„Schade" dachte Stina Wallison „ich hatte zumindest gehofft, dass wir wenigstens ein Fremdverschulden nachweisen können, um ihren seelischen Peiniger zu packen. So wird der Typ einfach davon kommen." Sie schüttelte sich innerlich und versuchte damit das aufkommende Frösteln zu unterbinden. Es half nichts. „Dann ist dieser Fall wohl endgültig kein Fall" wandte sie sich an Roche.

„Definitiv nicht. Dafür bin ich mir bei der Wasserleiche nicht ganz schlüssig."

Wallisons Instinkte schlugen aus.

Die Frau hat durch Nesselkontakt auf der Haut einige Rötungen und Schwellungen an Armen und Beinen, welche eindeutig der Cyanea Capillata, der gelben Haarqualle, im

Volksmund auch Feuerqualle genannt, zuzuordnen sind. Für ein Kreislaufversagen oder gar einen anaphylaktischen Schock erscheint mir dies jedoch zu wenig. Dennoch ist sie an Herzversagen verstorben. Einige Hautverletzungen sind allerdings atypisch für unsere Cyanea Capillata. Daher möchte ich noch weitere Untersuchungen durchführen. Ich möchte möglichst ihren Hausarzt kontaktieren, wenn ihre Identität feststeht. Habt ihr da schon etwas ?

„Ja, das ist schon merkwürdig. Nein, die Kollegen sind an der Identifizierung dran. Eine passende Vermisstenmeldung haben wir nicht."

014

Die M.S. ‚HANSE' legte pünktlich um 12.30h am Kai der Untertrave an. Als einer der Ersten verließ Armin Stich das Schiff und marschierte strammen Schrittes in Richtung Innenstadt.

Hingegen hatte es der XO nicht so eilig. Das Europäische Hansemuseum befand sich beinahe unmittelbar gegenüber, ebenfalls an der Untertrave. Somit konnte er schöne vier Stunden in dem Museum verbringen und sich 600 Jahre Hansegeschichte näher bringen lassen. In wie weit ihm das Ablenkung verschaffte, wusste er noch nicht. Es klang zumindest vielversprechend und allein darauf freute Claus Bolt sich.

Nach dem ersten morgendlichen Freudeschock, hatte Armin Stich den nächsten Zug nach Travemünde bestiegen. Er wollte unbedingt sehen, wo genau sich seine Hille aufgehängt hatte. Im Zug ging ihm die Versicherungssumme laufend durch den Kopf. „Ob man ihm das ansah ?" Stich versuchte nach außen ein unbeteiligtes Gesicht zu zeigen. Um zehn Uhr fünfundzwanzig erreichte der Zug den Strandbahnhof, einen Sackbahnhof. In neun Minuten rollte der Zug zurück zum Lübecker Hauptbahnhof. Jeweils im Stundentakt.

Über die Eselswiese, vorbei am aRosa, bog er kurz danach, links zum Lübecker Yacht Club und dem Marina Restaurant ab. An der Überseebrücke angekommen, breitete sich so etwas wie Enttäuschung in ihm aus. Er wusste nicht genau, welche Erwartung ihn hier erscheinen ließ. Zumindest einen wohligen Schauer, ein leichtes Kribbeln oder einen erhöhten Herzschlag hatte er erhofft. Nichts dergleichen passierte.

Ernüchtert schlenderte Armin Stich an der Marittima vorbei in Richtung Hafenbahnhof. Um dreizehn Uhr wollte er bei der Versicherung in Lübeck vorstellig werden. Bis dahin waren es noch über zwei Stunden. Ihm kam die spontane Idee, die Fahrt nach Lübeck mit der M.S. ,HANSE' zu bestreiten. „Schön entspannt die Fahrt genießen und Träumen!"

Nun befand er sich in Lübeck. Zum Träumen hatte es jedoch nicht gereicht. An Bord hatte er sich vollkommen unnötig über die Preise echauffiert. Seinen Frust über das fehlende Kribbeln ließ er einfach an der Servicekraft aus. Seine cholerischen Anfälle bekam er einfach nicht besser in den Griff. Daran musste er arbeiten. Auf dem Weg in die Königsstrasse überquerte Stich die Kleine Burgstraße und bog links ab in den Koberg. Während des Gehens sinnierte er: „Erst die Versicherung und noch kurz zur Polizei. Danach ab ins Reisebüro!" Armin Stich stand nun vor dem Versicherungsgebäude. Seine Laune besserte sich schlagartig.

„Zahlstelle, bitte eintreten" säuselte er sich amüsiert zu.

015

Der Flug von Hamburg nach Amsterdam verlief ohne Komplikationen. Auf dem Flughafen Schiphol herrschte das übliche Gewusel tausender Reisender, aller Nationalitäten. So ein riesiger Airport ist wie eine Kleinstadt. Allein die Zahl der Beschäftigten liegt bei über 57.000. Hier werden jährlich mehr als 450.000 Flugbewegungen durchgeführt und 55 Millionen Passagiere abgefertigt. Obwohl mir die Zahlen gigantisch erscheinen, liegt Schiphol in Europa erst an vierter Stelle, nach London, Paris und Frankfurt. Der mit Abstand weltweit größte Airport ist in Atlanta, der Hartsfield-Jackson International Airport. Dieser liegt im US Bundesstaat Georgia. Mit einem ähnlich großen Mitarbeiterstab, wickeln sie dort beinahe doppelt so viele Flugbewegungen und Passagiere ab.

In einem der vielen Restaurants genehmigte ich mir ein frisches, kühles Bier, bevor es weiterging.

Von Amsterdam flog ich mit Kenya Airways, in einer ganz neuen Boing 787, weiter nach Nairobi, der Hauptstadt von Kenia. Nairobi liegt im Südwesten Kenias und ist mit drei Millionen Einwohnern die größte Stadt im Land. Dort hatte ich über zweieinhalb Stunden Zeit zum Umsteigen in den Flieger nach Mombasa. Zeit genug zum Kleidungswechsel und Zeit für einen guten Cappuccino, als Muntermacher.

Der deutschen Zeit ist man hier zwei Stunden voraus. Das betrifft jedoch nur die Uhrzeit. Obwohl zehn Immigrationschalter besetzt waren und pro Schlange nur etwa zwanzig Personen anstanden, reduzierte sich die Anzahl, innerhalb der ersten 30 Minuten, nur um vier Personen. Mit meiner europäischen Ungeduld linste ich links und rechts zu den anderen Reihen, um eine schnellere zu erspähen. Ich war sicher, dass ausgerechnet meine Passkontrolleurin, ihren ersten Arbeitstag bestritt und mit den Arbeitsabläufen noch nicht ganz so vertraut war.

Zu meinem anfänglichen Erstaunen, dass es nebenan ebenso langsam voran ging, gesellte sich eine unerfreuliche Erkenntnis: Schneckentempo. Dazu fiel mir ein Kurzwitz von
meinem langjährigen Freund Dildo ein:

*Saß ein Mann auf seiner Terrasse. Da sah er eine Schnecke an seiner
Terrassentür. Aus Langeweile schnipste er sie einfach weg.
Nach zwei Jahren klopfte es an der Tür. Es war die Schnecke.
Sie sagte:"Was war das denn eben?"*

Zeitempfinden ist eben relativ.

Meine Zeithochrechnung ergab, das zweieinhalb Stunden
Umsteigezeit, hier offensichtlich nicht reichen werden und
ich den Anschlussflug verpassen würde. An irgendeine Form
der Beschleunigung war nicht zu denken. Für ein kühles
Getränk in dieser stickigen Luft, war ich eine Stunde weiter
inzwischen bereit, bis zu 10.- Euro zu berappen. Nur vorgesehen war das nicht. Sicher mit Absicht, um die Einrei-
senden madig zu machen. Die mitgereisten Kinder verloren
schon nach zwanzig Minuten die Geduld. Die Kleineren von
ihnen plärrten entsprechend, mal mehr, mal weniger laut.

Allerdings ging es dann doch schneller, als berechnet. Tatsächlich hielt ich mein Visa bereits nach zwei Stunden und
fünfzehn Minuten in den Händen. Obwohl der Laserabtaster
nicht immer so wollte, wie er eigentlich sollte, war nun zumindest jeder einzelne Finger gescannt, das Gesicht und das
rechte Auge fotografiert, 40.- Euro Gebühr entrichtet, meine
drei verschiedenen Formulare akribisch genau ausgefüllt und
das Visa im Reisepass eingestempelt. Das die Daten dann
manuell vollkommen verkehrt in das Visum übertragen
wurden und jeder vierte Visumsbetrag nicht in die Kasse,
sondern offensichtlich der Beamten Hosentasche zugeführt
wurde, schien normal. Als inkompetenter Ausländer verstand
ich die ausgeklügelten Abläufe eben nicht. Trotzdem machte
ich mir meine eigenen Gedanken. Wahrscheinlich war die
offizielle Kasse schon so voller Scheine und wurde auf diese

Art und Weise entlastet. Na klar, das macht Sinn. Hier denken die Mitarbeiter praktisch.

Ich schnappte mir meinen grünen Reisekoffer, welcher mich schon seit zwei Stunden vom Rollband aus immer wieder vorwurfsvoll anschaute. Vom ewigen Karussellfahren auf dem Rollband erschien mir dieser ein wenig schwindelig. Jetzt musste ich ihm noch einen Sprint zum nächsten Terminal zumuten.

Rasch verließ ich ungehindert das Gebäude des internationalen Flughafen. Draußen sprang mir zweihundert Meter weiter ein überdimensionales ‚D' ins Auge. Das nationale Terminal zum Weiterflug nach Mombasa.

Keine zehn Schritte weiter, stellte sich ein uniformierter Polizist in den Weg. Freundlich erkundigte er sich in englischer Sprache nach meinem Ziel. „Terminal ‚D'" beantwortete ich seine Frage und zeigte in die Richtung zum Terminal, welches für jeden unübersehbar in der afrikanischen Landschaft stand. Meine wertvolle Zeit rannte.

„Please, Sir, follow me" sagte er und schritt voran, wie ein erfahrener Fährtenleser. Sicher hatte er Angst, dass ich mich in diesem fremden Land verlief. Nun gut, auf Safari befanden wir uns nicht wirklich und gefährliche Tiere konnte ich ebenfalls nicht ausmachen. Sehr nett war es dennoch. Nur zwanzig Meter weiter hielt er an und zeigte mit Stolz auf das mir bereits bekannte Gebäude, auf dem das riesige ‚D' prangerte. „Sir, this is your way to Mombasa."

Okay, dies war nicht besonders kniffelig gewesen und ein Erstklässler konnte man mit dieser Art der Herausforderung ebenso nicht in die Enge treiben. Beinahe gerührt vor soviel Freundlichkeit nickte ich ihm zu und wollte weiter zur Abflughalle hasten. Elf Minuten Restzeit. „Please, Sir, wait. What do you think about a little bit tip for me ?"

„Tip ?" wabberte mir durch den Kopf. „Stand das in der deutschen Übersetzung nicht für Trinkgeld ?" Mein Englisch hatte ich in der kurzen Zeit noch nicht komplett aufpolieren können, deshalb dachte ich im ersten Moment an einen Übersetzungsfehler. Als ich seine geöffnete Hand sah, dämmerte mir, dass mein Englisch keiner Aufpolierung bedurfte.

„Karibu ! Willkommen in der realen Welt von Kenia" schoss es mir durch den Kopf. Für die Idee gab ich dem Officer eine Eins. Für die Ausführung eine Sechs. Daher reichte es meines Erachtens nicht für ein Trinkgeld. Ich ließ ihn einfach stehen. Mit viel Glück konnte ich den Flug noch schaffen. „Aufgeben gibt es nicht" trieb ich mich vorwärts.

Neun Minuten blieben mir noch beim Betreten der Abflughalle. Ich stockte unversehens. Vor dem check-in Schalter registrierte ich eine Schlange von fünfzehn Personen. „Das war es dann wirklich" stellte ich ernüchtert fest, um im selben Moment einen besetzten Schalter zu entdecken an dem Niemand anstand. Ich scherte aus meiner Reihe aus.

Auf den Weg dorthin las ich den Grund: Only for Members of Embassy. „Warum nicht ? Dann bin ich einfach mal ein Diplomat" machte ich mir Mut und knallte mein bis nach Mombasa durchgechecktes Gepäck auf die Waage. Verdutzt schaute mich der Mitarbeiter an. Er warf einen kurzen Blick in meinen Reisepass und innerhalb kürzester Zeit hielt ich die Boardingfreigabe in den Händen. Zwei Minuten nach Einnahme meines Sitzplatzes starte der Pilot die Maschine. Zweieinhalb Stunden Umsteigezeit reicht hier offensichtlich doch. „Just in time" wie es mittlerweile überall in der modernen Arbeitswelt heißt.

Der Flug nach Mombasa wurde mit einem schönen Blick auf den Kilimandscharo belohnt. Nach nur vierzig Minuten Flugzeit setzte die Maschine sicher auf dem Rollfeld auf. Hier ging alles ganz unkompliziert. Keine Passkontrolle, kein Zoll und keine offene Hand. Sogar mein Koffer erreichte mit mir zusammen Mombasa. Das ist nicht unbedingt selbstverständlich. Hunderte Reisende, welche zur gleichen Zeit mit Türkisch Airlines nach Kenia flogen, bekamen ihr

Gepäck erst sechs Tage später, gegen ordentlich Handgeld. Ich schaffte es gerade noch, über das freie WLAN-Netz des Airports, an Stina eine kurze WhatsApp Nachricht zu versenden, dass ich in Mombasa sicher gelandet war, als mich hinter mir eine Stimme mit „Jambooo. Jambo !" ansprach. Jambo, was soviel wie Hallo bedeutet, ist Suhaeli, was wiederum von Millionen von Afrikanern an der Ostküste gesprochen wird, neben der offiziellen, englischen Amtsprache. Jambo ist sicher das am meisten gebräuchlichste Wort, zumindest in dieser Region und wird von jedem Menschen zigmal am Tag benutzt. Insgesamt also ein einziges, großes Hallo.

„Du musst York sein. Ich bin Lothar, der ehemalige Vermieter von Werner. Karibu – Herzlich Willkommen im schönen Kenia" sprach der deutschstämmige Mann mich an. „Eigentlich sollte Dich meine Lebenspartnerin March abholen. Sie hat einen anderen Termin" erklärte er sich. „Die Polizei erwartet Dich bereits. Sie haben schon dreimal angerufen."

Wie begrüßten uns erst einmal. „Das kann doch einen Moment warten" entgegnete ich. „Ich muss erst einmal ankommen. "

„Ja, Pole Pole. Immer mit der Ruhe. Das habe ich denen auch versucht klar zu machen. Mit der Polizei möchte man hier jedoch nicht viel zu tun haben. Die halten immer nur die Hand auf." Wir luden das Gepäck in seinen Wagen und kämpften uns durch den Linksverkehr von Mombasa zu unserem Ziel, der Kleinstadt Mtwapa.

Unterwegs entdeckte ich das Hindu Crematorium. Hier stoppten wir kurz und erfragten den Preis für eine Einäscherung. Mit 580.- Euro ist man dabei, bekamen wir als Auskunft. Wir setzten unsere abenteuerliche Autofahrt fort.

Hundert chinesischen Mopeds, teils mit bis zu fünf Personen bestückt und ebenso viele Tuck-Tuck, was dreirädrige Mopeds mit einer überdachten Plane sind, tummelten sich in haarsträubender Fahrweise, zwischen dem dichten Verkehr von hunderten Minibussen, Matatus genannt, Autos, LKWs und Bussen. Mittendrin in diesem Gewusel, zogen und schoben Menschen, per Muskelkraft, ihre mit Waren überladenen Holzkarren oder ihre zwei Meter hoch beladenen Fahrräder. Auf dem Highway sieht die Verkehrssituation identisch aus. Achtzig Prozent der Vehikel würde der TÜV in Deutschland nicht eines Blickes würdigen. Bei Stillstand des Verkehr, umringen sofort Straßenverkäufer die Fahrzeuge und versuchen ihre Waren zu verkaufen. Kinderhände kleben bettelnd an den Autoscheiben. Ein buntes, erschreckendes Chaos. Die vorherrschende Armut ist gigantisch und bedrückend. Der massive Einbruch der Tourismusbranche, durch die vielen heftigen Terroranschläge auf unter fünf Prozent, sowie die allgegenwärtige Korruption bis in die höchsten Ämter, lähmt jede Anstrengung, um diesem Land zu helfen. Man tat gut daran, Fenster und Türen fest verschlossen zu halten.

Hunderte Schlaglöcher später erreichten wir Lothars Haus in Mtwapa. Nach einer kurzen Erfrischung ging es gleich zur Policestation. Sie lag genau gegenüber, auf der anderen Straßenseite. Unter akuter Lebensgefahr überquerten wir nach mehrmaligen Anläufen, die B-8, die einzige Verbindungsstraße zwischen Mombasa und Mtwapa. Ursprünglich ist diese Straße zweispurig angelegt worden. Die Kenianer haben daraus eine sechs- bis siebenspurige gemacht. Entsprechend geht es auf der Road zu. Ständig hupend, gepaart mit unkonventioneller Fahrweise, erkämpfen sich die Blechkisten ihr Wegerecht, woher sie das auch immer nehmen. Mir fällt dazu nur das Wort ‚Krieg' ein. Ihre einzige Fahrstunde haben die Lenker bestimmt in Deutschland gemacht – auf dem Jahrmarkt mit einem Autoscooter. Madmax lässt grüßen. Ich konnte mich des Eindruckes nicht erwehren, das auf Fußgänger gnadenlos Jagd gemacht wird. Wenn die Polizei Kontrollen durchführt, schaut niemand auf die Fahrtüchtigkeit des Fahrzeugs. Kontrolle ist gleichbedeutend mit bezahlen. Die Fahrer bezahlen dafür, dass sie das Pech hatten, angehalten zu werden. So einfach ist das.

Obwohl ich voller Adrenalin war, verspürte ich nach den beinahe 30 schlaflosen Stunden eine gewisse Müdigkeit. Die verstaubte Mtwapa Polizeistation, entpuppte sich als eine, durch einen Maurer im ersten Ausbildungsmonat erstellte Hütte. Vier Kommissare, teilten sich einen engen staubigen Raum. Die Ablage gestaltete sich so, dass in einer Ecke, zig Akten planlos übereinander gestapelt lagen. Sie waren allesamt mit einer dicken Staubschicht überzogen. Neben den Schreibtischen stapelten sich diverse Zementsäcke. Der Zement wird wöchentlich benötigt, um die Hütte zusammenzuhalten. Auf dem kleinen Gelände bewegten sich drei schwer bewaffnete Polizisten. Vor der Station lungerten sechs, mit entsicherten Kalaschnikow bewaffnete, nicht zu zuordnende Gestalten auf einem Jeep herum. Wer hier nun wen schützte oder tatsächlich zur Polizei gehörte war nicht eindeutig auszumachen. Ich entschied mich, beiden Parteien ein freundliches, unbestimmtes Nicken zu schenken. Ein kurzer Blick in die nach Geschlechter getrennten Gefängnisse, bestätigte, was ich bereits ahnte. Hier möchte sogar niemand im toten Zustand einsitzen.

Obwohl der Polizeichef so dringend meinen Besuch eingefordert hatte, ließ er uns zehn Minuten in der prallen Äquatorsonne warten. „Pole Pole" hieß es nur. Bevor ich den Chief sah, verlieh ich ihm den Namen ‚Prinz Charles'. Mit Recht, wie sich bald darauf herausstellte. Wir huldigten dem Prinzen in seinem separaten Büro. Zur Begrüßung drückte ihm Lothar gleich einmal ein paar Tausend Keniaschillinge in seine gierige Hand. Audienzen kosten eben. Karibu in der kenianischen Realität.

Der Chief strahlte mich an und freute sich wirklich über mein Erscheinen. Bevor wir dazu kamen, weitere Freundlichkeiten auszutauschen, die mich sicher eine Stange Geld kosten würden, verdunkelte sich der Eingang. Ein großer, dicker Kenianer füllte den Türrahmen aus. Tome`.

Nach den Erzählungen des XO, war mir der Typ sofort unsympathisch. Jetzt, wo der windige Bestattungsagent vor mir stand, erst Recht. „Wie die Qualle, nur eben maximal pigmentiert" assoziierte ich sofort. Die Hautfarbe, auf Suhaeli heißt ein Mensch mit weißer Haut ‚Mzungu' und ein Mensch mit schwarzer Haut ‚Mweusi', die Religion, das Geschlecht ist mir indes immer egal. Der entscheidende Faktor ist, wie der einzelne Mensch auf mich zugeht. Den versaute Tome` schon im Ansatz, nachdem der ‚Prinz' ihm grünes Licht gab.

In seinem undeutlichen Englisch, forderte er mich auf, ihm meinen Reisepass auszuhändigen, eine Cashzahlung zu leisten und überhaupt, die komplette Abwicklung vertrauensvoll in seine Hände zu übergeben. Schriftlich kann er natürlich kein Angebot machen. „Das ist in Kenia nicht so üblich" setzte er nach. Tome` leckte sich die Lippen, angesichts des zu erwartenden Geschäftes.

Im ersten Moment war ich ein wenig sprachlos, ob dieser Dreistigkeit. Dieses sah der ‚Prinz' als willkommene Gelegenheit, sein Anliegen zu kommunizieren bzw. die Dreistigkeit zu überbieten. Schließlich war er der Chief. „Das Inventar in der 160 Quadratmeter Mietwohnung braucht der Verstorbene nun ja nicht mehr" begann er und strahlte mich begeistert an.

Da stimmte ich ihm durchaus zu.

„Somit sei ihm die ganze Einrichtung und das Motorrad zu überlassen. Zum Nulltarif natürlich, denn dem Verstorbenen kann das Geld unmöglich übergeben werden."

Ich musste zugeben, das entbehrte nicht einer gewissen Logik. Meinen Lachanfall verpackte ich sicherheitshalber, sorgfältig in einer imaginären und schalldichten Box. Für später. Hingegen zog ich mich erst einmal freundlich aus der Affäre. Langer Flug, müde, die Hinterlassenschaft sichten usw. Alles was mir dazu gerade einfiel.

Nun galt es, erneut die Straßenüberquerung zu überleben. Wie durch ein Wunder gelangten wir unverletzt zurück zur Unterkunft. Von einem der Kommissare hatte ich aufgeschnappt, wo der Leichnam in Mombasa deponiert und gekühlt wurde. Ohne weitere Verzögerungen nahm ich das Angebot, der inzwischen eingetroffenen Lebensgefährtin von Lothar wahr.

Zusammen mit March, die sich aufgebrezelt hatte, als wenn es in die Disco ging, ging es mit ihrem Auto, wieder eine Stunde lang durch den chaotischen Verkehr. Zurück nach Mombasa Stadt, ins Pandya Memorial Hospital.

An der Rezeption fand die Mitarbeiterin schnell heraus, wo Werner Bolt untergebracht sei. Im Mortuary/Postmortem, der Leichenhalle und was auch immer. Wir möchten bitte am Eingang warten, teilte sie uns freundlich mit. Dort wird uns ein Arzt oder der Chief of Mortuary persönlich abholen.

Innerlich atmete ich auf. Hier wussten sie, was sie taten und ich glaubte es kaum, diese Auskunft gab es kostenlos. Bereits ein wenig konditioniert, löste ich meine Hand in der linken Hosentasche und beließ die vorbereiteten kleinen Geldscheine darin. Vor der Tür beäugten uns die bewaffneten Wachen misstrauisch. Wahrscheinlich schätzten sie ab, ob der schwarze Quader an meiner Schulter eine Bedrohung für sie darstellte oder eventuell doch nur einer Fotokamera entsprach. Sie mussten sich für die Kamera entschieden haben, denn sie belästigten mich nicht weiter.

Schnaufend, aufgrund seines Übergewichtes, erschien bereits zehn Minuten später der Chief of Motuary (CoM). Er freute sich uns zu sehen. Mein erster Gedanke war, dass wird teuer. Bisher kostete es in diesem Land jedes Mal richtig Geld, wenn jemand sich auf mein Erscheinen freute. Jetzt strahlten mich auch noch seine weißen Zähne aus seinem mit glitzernden Schweißperlen verzierten Gesicht an. Mein zweiter Gedanke dazu: Das kostet sicher einen Zuschlag. Der Mann stellte sich locker mit seinem Vornamen vor, Celeste. „Ein italienischer Name" erklärte er voller Stolz. Na klasse. Jetzt durfte ich ihn von Beginn an duzen. Das kam mir persönlich entgegen, aber ich ahnte, diese Vertraulichkeit wird ihren Preis haben. Seine Englischkenntnisse entsprachen dem eines Erstklässlers. Plaudernd erklärte er undeutlich: „Doctor wilcome nex minnets. Tak wog to offiz", was wohl heißen sollte: „Der Arzt ist informiert und kommt jeden Moment dazu. Gehen wir in mein Büro." Ich musste unbedingt an meinem Englisch arbeiten. Celeste lachte mich an. „Follow me, please."

Natürlich folgte ich ihm. Schließlich wollte ich diese Angelegenheit a.s.a.p., so schnell als möglich, abwickeln. Optimistisch schätzte ich die Zeit bis zur Einäscherung auf zwei Tage ein. Papiere und Seebestattung maximal zwei Tage. Einzig die Wohnungsauflösung und der Verkauf des Motorrades waren unbestimmbare Faktoren. In einer Woche ging es zurück nach Travemünde. In den Leerlaufzeiten sah ich mich im herrlichen türkisfarbenen indischen Ozean plantschen.

Celeste schleppte sich vorweg und betrat durch eine türkisfarbene Holztür, die vielleicht entfernt an den indischen Ozean erinnern sollte, eine kleine, baufällige Steinhütte. Mortuary/ Postmortem stand auf einem verwitterten Holzbrett über der Türzarge. Na klar, die Leichenhalle in der Nähe des Büros macht Sinn. Schließlich sollte ich Werners Leichnam identifizieren.

Im nachhinein weiß ich nicht mehr genau, was ich erwartet habe. In meinem Leben musste ich schon etliche Leichname sehen, die meisten davon im Münsteraner Tatort. Das ist der mit Axel Prahl und Jan Josef Liefers. Da geht es meistens lustig zu. Um mir über den Zusatz ‚Postmortem' Gedanken zu machen, dafür war ich mittlerweile zu müde. Wie Büro klang es für mich jedoch nicht. March und ich folgten ihm in sein Büro.

Geblendet durch die intensive Sonneneinstrahlung, tapsten wir in der dunklen Hütte, halbblind hinter Celeste her. Beim Betreten nahm ich auf dem Boden zur linken Seite, unscharf, einen Kleiderhaufen wahr. Dahinter schwarze Dunkelheit. Celeste schwenkte jedoch sofort rechts herum. Wir blieben an ihm dran. Die Augen versuchten noch immer Licht ins Dunkle zu bringen. Aufgrund der Raumtemperatur, von über dreißig Grad, konnten wir noch nicht in der Leichenhalle sein. Dort ist es immer kühl.

Endlich gewöhnten sich die Augen an die Dunkelheit, da wurden sie auch schon wieder geblendet. „Okay, wär there" hörte ich Celestes fröhliche Stimme. Meine Augen gewöhnten sich schnell an die erneute Helligkeit. Deshalb stoppte ich so abrupt, das March mich anrempelte. Meine Sinne signalisierten mir, das ich unmittelbar vor einem Seziertisch stand, auf dem gerade ein frischer, unbekleideter Leichnam bearbeitet wurde. Mit überstrecktem Hals, starrten mich zwei leblose Augen an.

„Oh my goodness" hörte ich March erschrocken flüstern. Ihr von Geburt an schwarzes Gesicht, verlor beinahe sämtliche Farbe. Sie schlug die Hände vor die Augen. Die weiß lackierten Fingernägel bildeten kaum noch einen Kontrast zur Haut. Sie bekreuzigte sich.

Mein Gehirn schob schleppend eine Übersetzung von Postmortem nach. Irgendetwas von ‚nach dem Tod, vielleicht Arbeiten nach dem Tod' drang es zu mir durch. Eine ‚Poststelle' hatte ich im Vorfeld schon ausschließen können. Ich schaute Celeste ungläubig an. Dieser zuckte entschuldigend, aber unbeeindruckt seine Schultern. „Sorry, is offiz." Er deutete auf eine Ablage. Parallel zum Autopsietisch hing tatsächlich eine Platte die als Schreibtisch genutzt wurde.

Da standen wir nun neben der Leiche und warteten auf den Arzt. Währenddessen versuchte Celeste mir holperig zu erklären, was alles an Arbeiten durchgeführt werden muss, wenn ein Mensch in Kenia gestorben ist, dazu noch ein Mzungo, ein Weißer. „Die Transportkosten, das Kühlfach täglich 20.- Euro, der Arzt, der Transport zur Einäscherung, das Hindu Crematorium und..."

„...Deine ganze Familie nebst Freunden, die vielen Bestechungsgelder, die Freundin..." ergänzte ich in Gedanken. „Und die Party für den unverhofften ‚Lottogewinn'." Diese Kosten konnte ich dem XO nicht zumuten, zumal Werner hier in Kenia nicht versichert war. Mir fielen die ersten Gedanken wieder ein, die mich beim Auftauchen Celestes aufsuchten: Das wird Teuer ! Ich wollte hier Schadensbegrenzung betreiben und auf gar keinen Fall die Lottofee spielen. Die Hitze und die wachsende Müdigkeit machten sich unangenehm bemerkbar.

Das Erscheinen des Arztes beendete die Ausschweifungen Celestes, der sich in einen wahren Zahlenrausch verstiegen hatte. Der junge Arzt offenbarte, dass er während seines Studiums ein Semester in Lübeck Medizin studiert hat. „Holstentor. Niederegger Marzipan" gab er zum Besten. „Hamburg" legte er nach.

Okay, das tat jetzt nicht Not. Als gebürtiger Bremer und nun gefühlter Lübecker, ging das beinahe schon unter die Gürtellinie. Ich ließ ihm diesen kleinen Lapsus unkommentiert durchgehen. „Ziel- und Lösungsorientiert vorwärts gehen" schärfte ich mir ein. „Ohne kleine Seilschaften kommt hier Niemand weit. Hier bot sich gerade eine Basis für eine Seilschaft. Die Stimme eines Doktors hat auch hier Gewicht" hoffte ich.

Diese Hoffnung zerstob augenblicklich. Ohne weitere Umschweife erklärte die gewichtige Stimme des Arztes, dass er erst mit der Untersuchung beginnen kann, wenn er Bargeld in den Händen hält. Vorher geht da rein gar nichts.

Da ich nicht gewillt war, ohne konkrete Kostenvoranschläge und Rechnungen, nur einen Schilling zu bezahlen, vertagten wir nach zwei Stunden Postmortem, in dieser surrealen Umgebung, unser Gespräch auf den morgigen Tag.

„Hakuna Matata – Kein Problem" trällerte Celeste fröhlich. „Wan seehim ?" fragte er. Ich verstand nicht gleich. Er zeigte nun auf mich und deutete in die entgegengesetzte Richtung. „The body ?" setzte er nach. Nun begriff ich. Ich sollte Werners Leichnam anschauen.

Da ich für   meinen Geschmack Heute genug Zeit neben

einem Leichnam zugebracht hatte, wollte ich mich spontan zu einem „No" durchringen, hielt es dann allerdings für schlauer, den Body anzusehen. Vielleicht war es am Ende gar nicht Werner. Vielleicht wurde er verwechselt. Vielleicht lebte Werner sogar noch und war einfach untergetaucht? Da wollte ich schon auf Nummer sicher gehen. Vielleicht hat der Spuk gleich ein Ende? „Yes, sure" erwiderte ich deshalb. Ich wusste, man hat Werner zuhause im Bett, hinter von innen verriegelter Tür gefunden. Alles deutete auf einen Herzinfarkt hin. Es erwartete mich somit kein verstümmeltes Mordopfer. „Okay, lets go" sagte ich zu Celeste. Auf zur Kühlkammer. „Bringe ich es hinter mich." Gewappnet folgte ich dem Chief durch den über dreißig Grad warmen Flur.

Celeste hielt an der Eingangstür inne, fernab der Kühlkammer und schlug das eingangs registrierte Kleiderbündel am Boden zurück. Wie nach einer gelungenen Jagd, präsentierte er mit Stolz in der Stimme seine ‚Beute': „De Body".

Ich bin mir nicht sicher, ob ich ihn auch noch loben sollte. Ich für meinen Teil erstarrte. Mein Verstand begriff nicht, was er da eigentlich sah. Nur mit Mühe konnte ich zwei kleine Merkmale erkennen und Werner zuordnen. Einem Menschen sah dies hier nicht mehr ähnlich, Werner, wie ich ihn zuletzt noch vor sechs Wochen gesehen habe, schon gar nicht. „Gut, dass der XO dies nicht sehen muss. Das hätte ihn aus der Bahn geworfen" dachte ich traurig.

Im Kühlfach hat der Body nie gelegen !
Karibu in Kenia. Hakuna Matata !

Dieses Bild brannte sich unauslöschbar in mein Hirn.

016

Travemünde

Die Identität der Wasserleiche lag bisher noch im Dunkeln. Der Abgleich der Fingerabdrücke war eine Sackgasse. Mit einem Treffer hatte auch niemand gerechnet, aber es gehörte zum Standardprogramm. Eine Vermisstenmeldung lag bis jetzt ebenfalls nicht vor. In der Regel sorgten sich die nächsten Angehörigen wenige Stunden nach Einbruch der Dunkelheit. Bei Kindern reduzierte sich die Zeit deutlich bis zur ersten Kontaktaufnahme.

Das Reviertelefon klingelte. Wallisons Kollege Hans nahm das Gespräch an. Hans war heimlich in Stina verliebt, was er nicht immer verbergen konnte. Zuweilen ergaben sich hierdurch Probleme, die einen reibungslosen Arbeitsablauf störten. Bisher war es Wallison jedes Mal erfolgreich gelungen, diese Störungen schnell unter Kontrolle zu bringen, denn ansonsten müsste sie Meldung machen. Eine Versetzung von Hans wäre die unweigerliche Folge. Gleichwohl die beiden unterschiedlicher kaum sein konnten, schätzte sie einen Teil seiner fachlichen Qualitäten sehr.

Hans beendete das Gespräch und schob Stina einen Zettel zu. „Das war die Chefin vom Evershof. Sie hat einen weiblichen Gast als vermisst gemeldet. Die Beschreibung könnte auf unsere Person zutreffen. Soll ich dem Hof einen Besuch abstatten ?"

„Das übernehme ich gleich selbst" erwiderte Wallison. Sie schnappte sich den Zettel, ihre Jacke und den Schlüssel des Dienstwagen, einem VW Bully. Sie brauchte Bewegung. Das Sitzen auf dem Bürostuhl ermüdete sie und den Evershof wollte sie schon immer in Augenschein nehmen. Ihre österreichischen Freundinnen planten einen Besuch, Mitte August. Sie wollten gerne auf einem Hof urlauben. Dazu war Stina auch leicht genervt von Yorks Abwesenheit. Er fehlte ihr sehr, gestand sie sich ein.

Hinter dem ehemaligen Spielcasino bog sie rechts in die langgezogene Kaiserallee. Die Allee führte parallel zum Ostseestrand entlang schöner alter Villen. Über den Helldahl, dem Strandredder und der Alfred-Hagelstein-Straße, gelangte Wallison schließlich auf den Kowitzberg. Die Straße schlängelte sich noch ein wenig bis zur Einfahrt zum Evershof. Ein grünes Schild wies ihr den Weg.

Die Zufahrt sowie das großzügige, schön angelegte Areal beeindruckte Stina Wallison. Zur Linken befanden sich offensichtlich moderne Stallungen, zur Rechten ansprechende Ferienwohnungen und in der Mitte das Haupthaus. Sie lenkte den Wagen zum Haupthaus. Eine junge Frau in kompletter Reitmontur verschloss gerade die Eingangstür. Sie erkundigte sich freundlich bei Stina, ob sie weiterhelfen könne. Wallison berief sich auf das Telefongespräch von Hans. „Das wird meine Mutter gewesen sein. Sie ist drüben bei den Ferienwohnungen am Rasenmähen." Sie wies mit der Hand die Richtung. „Ich muss zum Stall. Reitunterricht geben." Die Tochter marschierte los. Der Kies unter ihren Füßen knirschte unter den ledernen Reitstiefeln.

Das gedämpfte Motorgeräusch des grünen Aufsitzrasenmähers, nahm Wallison erst wahr, als sie um die Hausecke schritt. Sie staunte. Auf dem Mäher saß eine fröhliche dreinblickende Frau, in einem modischen Outfit. „Wieso habe ich eher eine verknitterte Alte, in einem abgeschabten Blaumann erwartet?" wunderte sich Stina über sich selbst. Sie winkte ihr zu.

„Moment, ich stelle den Mäher kurz aus" rief sie, sprang lässig von dem Gefährt und nahm die Musikkopfhörer aus dem Ohr. „Sie sind sicher von der Polizei?" Stina Wallison stellte sich kurz vor und zeigte ihr ein Bild der ertrunkenen Frau. „Ertrunken? Das ist ja schrecklich. Ohne Zweifel. Das ist unser Feriengast. Das ist Almut, Almut Mertens. Sie hat sich für eine Woche bei uns eingemietet. Morgen wäre sie abgereist. Ich habe mich gewundert, dass sie gestern Abend nicht in den Stall gekommen ist. Jeden Abend ist sie im Stall gewesen und hat mit den Pferden gesprochen. Eine lebenslustige Frau."

„Deshalb meldet man eine Person doch nicht gleich als vermisst?" hakte Wallison ein.

„Ihre Morgenbrötchen und die LN-Zeitung hatte sie auch nicht abgeholt. Pünktlich um acht Uhr war ihre tägliche Zeit. Da habe ich kurz nach dem Rechten gesehen. Ihre Wohnungstür war nur angelehnt und, naja, den Rest habe ich ihrem Kollegen schon am Telefon erzählt. Sie hat in der Rapsblüte gewohnt, dem Schwesterzimmer der Lindenblüte. Möchten Sie einen Blick hineinwerfen?"

Wallison nickte stumm. Die Wohnung war sehr geschmackvoll hergerichtet. Schöne alte Möbelstücke trafen auf moderne Stilelemente und fügten sich harmonisch zusammen. Die großen Sonnenfenster erlaubten einen herrlichen Blick auf die Terrasse und den Rosengarten. Obwohl Wallison mit professionellem Blick die Wohnung scannte, vermerkte sie für sich, dass der Evershof die erste Wahl für ihre Freunde sein wird. „Ich kann auf dem ersten Blick keine Unregelmäßigkeiten feststellen" wandte sie sich an die Gastgeberin. „Dennoch möchte ich Sie bitten, die Wohnung die nächsten 24 Stunden nicht zu betreten. Vielleicht schicke ich noch einmal die Spurensicherung zu Ihnen, obwohl wir im Moment von einer natürlichen Todesursache ausgehen. Den Personalausweis von Frau Mertens nehme ich vorerst an mich. Wir versuchen die Angehörigen zu erreichen, damit ihre Habseligkeiten abgeholt werden können. Danke für Ihre Aufmerksamkeit."

POK Wallison verabschiedete sich herzlich und bestieg nachdenklich den Bully. Irgendetwas war ihr aufgefallen. Sie kam nur noch nicht darauf. Merkwürdig. Sie startete zeitgleich mit dem Rasenmäher den Wagen und wollte das Gaspedal langsam durchdrücken. Ein Bild blitzte kurz vor ihrem geistigen Auge auf.

Zielsicher tastete sie in ihrer Jacke nach dem sichergestellten

Personalausweis. Stina Wallison warf einen kurzen Blick darauf. Bingo ! Das war es, was ihr Unbehagen bereitete.

„Ist das nur ein Zufall ? Zufälle gibt es nicht !" flüsterte sie.

018

Auf der Terrasse vor dem Restaurant Marina, an der Überseebrücke 1, gab es keinen freien Tisch mehr. Auf dem Grill am Eingang drehte sich inzwischen das sechzehnte Spanferkel in dieser Travemünder Woche. Peter, ein großer, kahlköpfiger Mitarbeiter, zerteilte das saftige Fleisch in üppige Portionen. An den Tischen sättigte sich die eine Hälfte der Gäste mit warmen Speisen, die andere Hälfte genoss ihren Kaffee und Kuchen mit Sahne. Ein buntes Treiben. Von der gestrigen Tragödie auf der Überseebrücke war nichts zu spüren.

Der XO saß, zusammen mit Litze und Dildo, direkt neben dem Restauranteingang, im Schatten einer Markise. Litze und Dildo bestellten sich ein großes Bier und Spanferkel spezial. In Gedanken ließ er noch den gestrigen Tag Revue passieren. Das Hanse Museum empfand er als gelungen. Wenngleich er bereits eine Menge über den Handelsbund, die Hanse Teutonica, wusste, so überrascht war er über viele neue Informationen. Die Hanse wurde in der Mitte des zwölften Jahrhunderts von niederdeutschen Kaufleuten gegründet, um die Sicherheit der Schifffahrt zu gewährleisten und auszubauen. Bis weit ins siebzehnte Jahrhundert war dieser Zusammenschluss sehr erfolgreich. Viele bedeutende Bauten in den Hansestädten zeugen noch heute von dem immensen Reichtum. Die Farben der Hanse waren weiß und rot. Sie finden sich immer noch in den meisten Stadtwappen vieler Hansestädte, von denen es in der Blütezeit annähernd

300 gab. Auch die Lübecker Flagge ist weiß und rot. Das Symbol der Hanse war die Kogge und wird in Lübeck mit der ‚Lisa von Lübeck' gewürdigt. Die 1999 auf Kiel gelegte und 36 Meter lange Rekonstruktion eines Kraweels, aus dem 15. Jahrhundert, erlebte ihren Stapellauf 2004. Im Sommer kann man sie fast täglich in Travemünde in Fahrt bewundern. Da die Koggen nicht kreuzen konnten, wurden diese oft von Menschenhand getreidelt, was nichts anderes als ein kräftezehrendes Ziehen, vom Ufer der Trave war. Noch heute findet man an vielen Stellen die Treidelwege, entlang des Uferstreifens. Die Kraweel ‚Lisa von Lübeck' ist allerdings mit modernster, versteckter Technik ausgestattet.

Die Gründung Lübecks im Jahre 1143 gilt als entscheidend für die Entwicklung der Hanse. Wann genau die Hanse gegründet wurde ist umstritten, aber zwischen 1157 und 1160 wird es gewesen sein. Lübeck gilt als gemeinhin, als die bedeutendste Hansestadt seiner Zeit. Im 14. und 15. Jahrhundert geriet die Stadt Emden häufig in Konflikte mit der Hanse, da sie die Seeräuber um Klaus Störtebeker unterstützte. Darum besetzte die Hanse Emden mehrfach. Mit der Entdeckung Amerikas wurde die Hanse stark geschwächt, da sich die Handelswege nun weiter nach Westen ausdehnten und die Hanse, aufgrund ihrer Monopolstellung, gar nicht bzw. zu spät auf diesen Wandel reagierte.

Claus beendete seine Gedanken zum Hansebund und wandte sich an seine beiden Freunde. „Das Ihr schon so zuschlagen könnt" wunderte sich der XO und trennte mit seiner Gabel ein mundgerechtes Stück von dem Mandarinen Schmandkuchen ab.

„Wir brauchen Energie, um die Abende durch zu stehen" gab Litze zurück. „Du kennst mein Ernährungsmotto: Alles unter 500 Gramm ist nur eine kleine Vorspeise." Er grinste Claus an. Dildo bestätigte die Aussage durch ein Kopfnicken und prostete den beiden anderen zu.

Eine blaue Finnlines schob sich mit langsamer Fahrt durch die Trave und gab vier Sekunden lang ein Dauerwarnsignal ab. Die ersten Regattafelder beendeten ihre Wettfahrten für heute und segelten im Flottenverband die Trave aufwärts. In der engen Trave ist ein Ausweichmanöver oder Aufstoppen der Fähre unmöglich. Deshalb müssen sich die Segelboote unbedingt von der Fähre freihalten.

Peter servierte die beiden Schweinshaxen. „Einmal eine richtige Männerportion für die Herren." Routiniert setzte er die beiden Teller vor Litze und Dildo ab. „Lasst es Euch gut schmecken !" Er zeigte auf die Finnlines. „Wisst Ihr, das es im Bauch so einer Fähre über vier Kilometer Straße gibt ? Das muss man sich einmal bildlich vorstellen."

„Sag einmal Peter" begann Litze gut gelaunt „Eure frischen Fischfrikadellen, sind die aus Schwein oder Rind gemacht ?"

„Da muss ich den Koch..." Er unterbrach sich und schaute Litze belustigt an. „Ha,ha. Beinahe hättest Du mich gehabt" lachte Peter.

In Dildos Augen blitzte der Schalk auf. Claus war sofort klar, dass er gleich ein paar Witze zum Besten geben wird. Er besitzt einen schier unerschöpflichen Vorrat davon und ein hat unglaubliches Talent, diese zu präsentieren. Keine Sekunde später sprudelte es aus ihm heraus.

Eine Unterhaltung im Bahnabteil eines ICE:
"Auf was kauen Sie denn da ständig herum?"
"Auf Apfelkernen."
"Und wozu soll das gut sein?"
"Es fördert die Intelligenz."
"Aha, können Sie mir auch vier Stück geben?"
"Gerne. Vier Stück kosten acht Euro."
Der Fahrgast zahlt und bekommt die Kerne. Nach einer Weile des Kauens meint er:
"Für acht Euro hätte ich mir aber jede Menge Äpfel kaufen können!"
"Sehen Sie, die Kerne wirken schon!"

„Ja,ja" lachte Peter. „Ich weiß Bescheid. Bei Euch muss ich vorsichtig sein, aber kennt Ihr den mit der Fünfzigjährigen nach einem Arztbesuch schon ?" Wir ermunterten ihn.

Sie: „Mein neuer Arzt ist phantastisch ! Er hat mir gesagt, was für eine schöne Haut ich als Fünfzigjährige habe ! Und was für sensationelle Brüste ich habe, als Fünfzigjährige ! Und was für tolle Beine, als Fünfzigjährige !"
Unterbricht sie ihr Mann:
„Und was hat er zu Deinem fetten Arsch gesagt ?"
„Ach Gott, von Dir haben wir gar nicht gesprochen !"

„Sorry, ich muss wieder zum Grill" entschuldigte sich Peter „sonst beschweren sich die Gäste."

„Apropos beschweren" nahm Claus den Faden auf. „Ihr glaubt gar nicht, worüber sich die Menschen beschweren. Auf der HANSE war gestern einer, der wollte einen Jahrgangssekt zum Lidlpreis schlürfen und hat sich darüber lauthals ausgelassen. Ein Mitarbeiter erzählte mir daraufhin, dass sich auch schon einmal ein Rentner beschwert hat, dass das Schiff unter anderem auch Rentnergruppen befördert. Er forderte im Nachhinein einen Preisnachlass, da er nicht vom Personal darauf hingewiesen wurde" griente Claus.

„Ha,ha" lachte Dildo. „Klasse, dann fordere ich bei meinem nächsten Restaurantbesuch auch einen Preisnachlass, wenn nicht lauter junge Frauen die Nachbartische besetzen und bei der Reservierung nicht extra darauf hingewiesen wurde." Er bestellte bei der perfekt Deutsch sprechenden, afrikanischen Servicekraft zwei neue Biere. Sie strahlte ihn mit ihren schneeweißen Zähnen fröhlich an.

„Oh, oh. Ich glaube da geht was" warf Litze zwinkernd ein.

„Bei mir nicht, Litze. Seit dem Tod von Cui erscheint mir Keine mehr passend" erwiderte er auf einmal mit trauriger Stimme.

„Hey, die Trauerzeit ist vorbei" versuchte Litze ihn aufzumuntern. „Ich kann für Dich gerne einspringen. Heute Abend lassen wir es mal richtig Krachen. Lasse den Papa mal machen." Er klopfte Dildo auf die Schulter.

„Damit Ihr gleich Bescheid wisst. Ich bin n i c h t dabei !"
Dem XO hing die letzte Sause noch in den Knochen.

„Du Weich..." Litze wurde unterbrochen

„...dachte ich mir doch, dass ich Euch hier finde" grinste Stina ihre drei Freunde an. „Ihr macht es Richtig und genießt das Leben. Ich schlage mich derweilen mit Leichen rum, ebenso wie York in Kenia. Verkehrsstau ist dabei nicht erwähnenswert. Vor einer halben Stunde habe ich mit York telefoniert. Tauschen möchte ich mit ihm nicht." Sie warf einen kleinen Seitenblick auf Claus und berichtete stichwortartig. „Die Details kann York Euch nach seiner Rückkehr selber erzählen. Das wird sicher ein langer Abend."

„Richte ihm doch Bitte aus" begann Dildo „wenn er das nächste Mal im Stau steht und ihm langweilig ist, soll er kurz das Fenster runterkurbeln und den Fahrer nebenan fragen, ob er auch im Stau steht. Der Blick wird unbezahlbar sein und versüßt die Wartezeit" freute er sich. Sein Vorhang der Melancholie war verschwunden.

„Kann man mit Dir nicht einmal ernsthaft Reden ?"

„Das Leben an sich ist zu Ernst, um ohne Humor zu überleben" griente Dildo.

Stina verstand. „Ich wollte von Euch auch nur wissen, ob ihr heute Armin Stich gesehen habt ?"

019

Travemünde, Schleswig-Holstein
Do-04.Aug-2016

Die Travemünder Woche hatte am Sonntag mit einem gigantischen Höhenfeuerwerk ihren Abschluss gefunden. Die ganzen Veranstaltungsbühnen und Verkaufsbuden waren restlos abgebaut. Allein das teils gelbe Gras zeugte von einer Überbeanspruchung der Promenadenwiesen. Die fünfte Jahreszeit Travemündes ergoss regelmäßig tausende aktive Segler und hunderttausende, feiernde Menschen in den kleinen Ort. Nun begann der normale Touristenalltag. Alles blieb in Fluss.

Der Fall Almut Mertens, wenn es denn ein Fall war, stockte hingegen. Stina Wallison lagen bisher noch keine Beweise vor. Sie hatte nur dieses unbestimmbare Gefühl. Ein Gefühl, dass sie bisher nicht getrogen hatte. Nur aufgrund eines Gefühls war es natürlich nicht möglich, irgendwelche Maßnahmen zu rechtfertigen. Es mussten Fakten geliefert werden. Der Rechtsmediziner Kevin Roche war sich seiner Sache auch nicht sicher und wollte eine Gewebeprobe an ein Speziallabor verschicken. Roche hatte sich jedoch leider eine Sommergrippe eingefangen. Aufgrund dessen war dies noch nicht geschehen. Jedoch der Name im Personalausweis...

Mittlerweile hatte sich bestätigt, dass Almut Mertens, geborene Stich, die Schwester von Armin Stich war. Nicht nur, dass die Qualle Begünstigter der Lebensversicherung, in Höhe von 500.000.- Euro, seiner Ehefrau Hille war, er war auch Begünstigter der Lebensversicherung seiner Schwester Almut, in Höhe von weiteren 225.000.- Euro.

Für Wallison ein paar Zufälle zuviel. Da sich Armin Stich für eine Woche außer Landes aufhielt, konnte sie ihn hierzu noch nicht befragen. Der Suizid seiner Ehefrau stand nicht in Frage, zumindest juristisch nicht. Moralisch war es nicht relevant. Allein die Fakten zählten. Und genau dies war noch ihr Problem.

Deshalb verbiss sich Wallison so in den Fall der Schwester. Ihre Vorgesetzten wollten die Akten schließen. „Tod durch Ertrinken verkauft sich besser, als ein Mord im Seebad, wenn es denn schon einen Todesfall gibt." Das war eine eindeutige Ansage von ‚oben'. Natürlich feiner formuliert. Der Bürgermeister verlangte positive Presseberichte. Schließlich wusste er um das Steuern einbringende ‚Juwel' Travemünde. Zudem machte morgen um sieben Uhr dreißig, das 204m Lange und 35m Breite Kreuzfahrtschiff ‚Boudica' am Ostpreußenkai fest. Die unter der Flagge Bahamas fahrende ‚Boudica' kommt von Belfast durch den Nordostseekanal, legt um zweiundzwanzig Uhr wieder ab, um als nächstes Hamburg anzusteuern. Am Samstag erreicht dann die unter niederländische Flagge fahrende ‚Zuiderdam' Travemünde. Mit einer Länge von 285m wird das Schiff am Skandikai liegen. Um achtzehn Uhr steuert der Kapitän bereits wieder Göteburg an. Das war nach dem Geschmack des Bürgermeisters. So etwas wollte er in den Medien sehen und lesen.

Nur Stina Wallison wehrte sich innerlich dagegen. Sie war unter anderem deshalb Kommissarin geworden, um die Welt ein wenig besser zu machen. So war zumindest der Ansatz. Oft genug mussten sie und ihre Kollegen erfahren, dass nicht alle hinter diesem Ansinnen stehen. Wirtschaft und Politik verfolgten in vielen Fällen eigene Interessen. Recht und Recht können zweierlei Dinge sein.

Deshalb ließ sie sich nicht beirren und ermittelte nebenbei weiter. Einige wenige Kollegen unterstützten Wallison zuweilen.

Irgendwann bahnt sich die Wahrheit meist den Weg ans Licht. Manchmal erst nach sechzig und mehr Jahren, wie zum Beispiel die als geheim eingestuften Akten der CIA, welche nun ans Tageslicht brachten, dass alle Kriege, in denen die USA regulierend eingriffen, auf falschen Annahmen basierten. Auf von den USA geschaffenen Fakten, aufgrund dessen sie heroisch die Welt „retteten...", welche alle-samt aus der Luft gegriffen waren. Ein riesiges Lügenkon-strukt.

Fünfzig oder sechzig Jahre gedachte POK Stina Wallison nicht zu warten.

020

Mombasa/Kenia
Mo-08.Aug-2016

Am achten Tag nach der Ankunft in Kenia hielt ich endlich die Urne, mit der Asche von Werner Bolt, in den Händen. Bis es dazu kam, gingen täglich abstruse Verhandlungen voraus.

Bis zu dem Moment, wo der Bruder des XO tot in seiner ver-schlossenen Wohnung aufgefunden wurde, fehlten kein In-ventar oder Wertsachen. Bis die Polizei im Hause erschien. Nachdem die Polizei den Fall aufgenommen, sowie den Abtransport veranlasst hatte, fehlten diverse Wertgegen-stände, wie zum Beispiel zwei Uhren, eine Bluetooth Musikanlage und Weiteres. Als Beweismittel konnten sie meiner Meinung nicht beschlagnahmt worden sein. Es fehlte ebenso ein solcher Vermerk im Protokoll. Deshalb nahm ich an, dass ein oder zwei pflichtbewusste Polizisten die Uhren an sich genommen haben. Solche, die Wert auf Pünktlichkeit legten. Insofern ging das sicher in Ordnung, zumindest in Kenia. Hakuna Matata. Wenn die Polizei schon nicht pünktlich ist, wer dann ?

Für die Bluetooth Musikanlage fand ich keine einleuchtende Erklärung.

Die ersten sieben Tage ging es täglich mit einem Taxi nach Mombasa ins Pandya Memorial Hospital, in das skurile Büro des korpulenten Celeste. An sechs Tagen davon lag jeweils eine frisch bearbeitete Leiche parallel zum Bürotisch. Ich denke, Celeste mochte nicht alleine in seinem Büro sein, ansonsten hätte er sich sicher ein separates Büro eingerichtet. Eine Sekretärin gab es nicht. Wer wollte dort schon als Schreibkraft arbeiten, obwohl, frieren musste dort niemand.

Nach der zweiten Nacht in Mtwapa, zog ich aus der ehemaligen Unterkunft von Werner aus. An Schlaf war dort nicht zu denken. Spätestens um zweiundzwanzig Uhr drehten die beiden angrenzenden Tanz- und Kontaktschuppen ihre Musikboxen auf einhundert Prozent. Bis fünf Uhr in der Frühe sah ich mich einem Schallsandwich der speziellen Art ausgesetzt. Technosound auf der einen und afrikanische Rhythmen auf der anderen Seite. Die fest gemauerte Unterkunft bebte.

Mtwapa mit seinen 50.000 Einwohnern, ist ein Ort der niemals schläft. Er gehört zur Verwaltung von Kilifi und ist ein Ort des ewigen Chaos. Mtwapa ist ein Teil eines UN Projektes. Die Slums sollen eine Anpassung erhalten und den Lebensstandard anheben. In der Theorie sollen die Menschen mit Strom und sauberem Wasser versorgt werden. Eine vernünftige sanitäre Ausstattung soll ebenso dazu gehören. Ein wilder Mix von Steinhäusern mit Stromversorgung bis zu vielen kleinen Hütten, oft ohne Strom, dafür mit Gemeinschaftstoiletten und jede Menge Müllhalden zwischen den Bauten.

Das unangenehme ist das Schlafen, wenn auch nicht ausdrücklich verboten, in Mtwapa wohl nicht vorgesehen, obwohl ich dringend Schlaf nötig hatte. Der wilde Mix aus Reggae, HipHop, Techno und Suhaeli Pop ballt sich zu einer einzigen, undefinierbaren Krachkulisse. Wenn dann endlich gegen fünf Uhr die Beschallung verhallt, zerschlägt der Lärm, des bereits eingesetzten Verkehrs auf der Mombasa-Malindi Road, jede Möglichkeit, um auch nur wenige Minuten erholsamen Schlaf zu ergattern. Ein ständig pulsierender Ort mit Eitercharakter.

Die ständige Prostitution und die offen agierenden Päderasten vor Augen, förderten mein Wohlbefinden nicht im Geringsten. Hier hielt sich eine ganz spezielle Sorte von Menschen auf. Weiße Rentner, Touristen, die noch in einem seriösen Arbeitsverhältnis stehen, kaufen sich für beschämend kleines Geld, die Seelen von jungen, afrikanischen Schönheiten oder sogar Kindern.

Wenn UN Soldaten auf ihren Missionen schon Frauen vergewaltigen, wie in vielen afrikanischen Staaten nachgewiesen, dann sollte man meinen, dass ich mit den ganzen Rentnern nachsichtiger sein sollte. Wenn man in die vielen gebrochenen Augen der Menschen sieht, funktioniert das nicht. Dort wird eine riesige Bevölkerungsgruppe zu Zombies geformt. Das Lächeln der Menschen kann darüber nicht hinweg täuschen. Die Weißen beuten die Menschen dort aus. Sie treten dort auf, wie einst die Kolonialherren. Es hat sich nichts geändert. Es besteht weiter eine Art Kolonialverhältnis zwischen Europa und Afrika.

Dazu kommen jetzt die Chinesen, welche viel Geld ins Land pumpen, um einen Fuß auf den Kontinent zu bekommen. Sie bauen Strassen, Brücken und Häfen. Im Gegenzug erhalten sie die Rechte an den Bodenschätzen und ein Einfallstor nach Afrika. Die neue Infrastruktur dient allein dazu, das Land noch schneller auszuplündern.

Als dann nach der dritten schlaflosen Nacht, der windige Bestattungsagent Tome`, abermals um acht Uhr dreißig auf dem Grundstück stand und unter Drohungen Bargeld einforderte, entschloss ich mich unterzutauchen. Ohne jemanden einzuweihen, checkte ich problemlos ein paar Kilometer weiter, in der Severin Sea Lodge ein. Karibu !

Tatsächlich hatte ich dort das erste Mal das Gefühl, wirklich Willkommen zu sein. Karibu eben. Die schöne und toll gelegene Hotelanlage am Bamburi Beach wird seit über vierzig

Jahren von der deutschen Unternehmerfamilie Severin, welche vorrangig Haushaltsgeräte produziert, erfolgreich und nachhaltig geführt. Einzig die in der ganzen Region anzutreffenden Meerkatzen klauen gerne Nahrungsmittel, wenn man sie offen herumliegen lässt. Die Hotel Security ist deshalb unter anderem mit Zwillen ausgestattet. Damit schießen sie mit Kernen auf die Affen, um sie zu vertreiben. Das funktioniert nur temporär.

Neben den leckeren Abendspeisen und dem tollen Frühstücksbuffet aus der sehr guten Küche, verbrachte ich, nachdem ich Stina noch einen Kurzbericht übermittelt hatte, dort meine erste Lala Salame – Gute Nacht.

Um nicht weiter von Tome` oder der Polizei belästigt zu werden, nahm ich mir immer ein Taxi von außerhalb. Wie der Zufall es so wollte, geriet ich an Josef, einem sehr umsichtigen Fahrer mit einem großen, neuen Taxi. Zu einem fairen Preis chauffierte er mich zu allen Terminen und wartete vor Ort solange, bis ich fertig war. Klasse. Ich rief ihn per Handy an und innerhalb fünf Minuten stand er gut gelaunt am vereinbarten Treffpunkt. Um die Polizei oder Tome` nicht auf meine Spur zu bringen, lag der Zu- und Ausstieg, in der ersten Woche, abseits der Unterkunft.

Mir war bewusst, dass ich mich hier sehr komfortabel und sicher bewegte. Ich staunte immer wieder über die hart arbeitenden, armen Menschen. Die Frauen trugen in der tropischen, staubigen Hitze, auf der Schulter oder dem Kopf, Lasten ab 50 bis 90 Kilogramm ! Damit legten sie Strecken von bis zu zwei Stunden zurück. Die Männer schoben tonnenschwer beladene Handkarren durch den dichten, chaotischen Verkehr. Andere wiederum hatten ihr Fahrrad, hinten zwei Meter hoch und auf dem Lenker noch einen Sack von 90 Kilogramm, beladen. Es war mir schleierhaft, wie man damit radeln konnte. Fensterputzkolonnen hangelten sich außen im zweiten Stock, auf zwanzig Zentimeter breiten Mauervorsprüngen, an der Fassade entlang. Gewerkschaften und Sicherheitsbeauftragte sucht man hier vergebens. So passieren immer wieder fürchterliche Unfälle. Im krassen Gegensatz zu dem staubigen Verfall, welcher einem überall begegnet, sind die Kenianer sehr farbenfroh. Die Matatus sind quietschbunt angestrichen, die Straßenmärkte erscheinen in bunten Farben und vor allem die Frauen kleiden sich in leuchtenden Kleidern und Tüchern.

Nachdem die Verhandlungen über die Abwicklung der Einäscherung in Mombasa, im Post Mortem, nach dem dritten Tag nicht wirklich vorwärts gingen, änderte ich meine Verhandlungsweise auf eine neue Taktik. Eine unorthodoxe. Zuvor hatte ich mich mit dem XO abgestimmt, denn mir war nicht wirklich Wohl dabei.

Der Chief Celeste beharrte weiter auf Barzahlung, ohne Leistungsangebot, Rechnung bzw. irgendeiner Quittung. Ich eröffnete ihm kurzerhand, dass wenn er nicht in den nächsten fünfzehn Minuten ein schriftliches, detailliertes Angebot vorlegt, dann gibt es ein Geschenk von mir.

„A present?" hakte Celeste mit leuchtenden Augen nach.

„Yes, you get a present from me" bestätigte ich.

„What kind of present?" fragte er wie ein aufgeregtes Kind zu Weihnachten. Ich wunderte mich, dass er als erwachsener Kenianer immer noch an den Weihnachtsmann glaubte.

„You get the body!"

Das saß. Ich konnte richtig hören, wie seine Hirnströme das Gehörte verarbeiteten. Es dauerte jedoch eine geschlagene Minute, bis er die Aussage begriff. „The body?" vergewisserte Celeste sich. Ich nickte. „Okay, Hakuna Matata." Ab diesem Zeitpunkt gab es kein Problem mehr für ihn, die Anforderungen zu erfüllen. Innerlich atmete ich auf. So brauchte ich mir wenigstens keine Sorgen über ein später unweigerliches Kopfkino zu machen. Nach drei Versuchen und etlichen Korrekturen, unter anderem den Posten der Einäscherung im Hindu Crematorium, den Celeste doch ‚aus Versehen' glatt mit 420.- Euro zu hoch angesetzt hatte, was mal eben acht durchschnittlichen Monatsgehältern entsprach, passte nach einer weiteren dreiviertel Stunde zumindest das Angebot.

Am nächsten Tag sollte ich wieder im Post Mortem erscheinen. Pünktlich um zehn Uhr. Der Kommissar Mawei käme dann hinzu. Der muss die Papiere gegenzeichnen und mit dem örtlichen Pathologen und mir ein abschließendes Gespräch führen. Am Telefon erklärte mir der Kommissar, dass ich ihn unbedingt Abholen müsste. Ein Auto haben die Kommissare nicht. Des Weiteren möge ich kein Tuck Tuck oder Matatu wählen, sondern ein großes Taxi. Er hat noch Gepäck dabei. Ich stellte mir vor, dass er Werners dicke Akte oder wenn es ganz schlimm käme, eine Leiche zum transportieren mitbringt.

Zum Glück war es nicht Letzteres. Nach Inaugenscheinnahme des Wagens, schleppte Mawei zwei Bettmatratzen zum Taxi mit. „For my Mama" freute er sich. Der denkt wenigstens praktisch. Am großen Busbahnhof dauerte es nur vierzig Minuten um in dem Gewühl die Matratzen auf den Weg zu bringen. Unseren Termin erreichten wir um zehn Uhr vierzig. „Hakuna Matata" lachte Mawei.

Tatsächlich war es kein Problem. So ‚pünktlich' hatte Celeste nicht mit uns gerechnet... – Kenia eben.

Die offizielle Todesursache wurde mit Herzstillstand durch Kontakt mit einer Würfelqualle angegeben. Nach einer Stunde und dem unterzeichnen diverser Papiere, wurde der Leichnam zur Einäscherung endlich frei gegeben. Die Einäscherung im Hindu Crematorium erfolgte durch verbrennen des Körpers auf einem übergroßen öffentlich zugänglichen Rost. Dazu werden die sterblichen Überreste in ein Tuch gewickelt und angezündet. Der Verbrennungsprozess dauert in der Regel zwölf Stunden. Die Hindus wohnen dieser Zeremonie mit ihrer ganzen Verwandtschaft bei. Das vorgesehene Areal reicht locker für bis zu 1.000 Personen, die dieses Ritual begleiten.

„Asante – Danke."

Ich verzichtete und holte die Asche am nächsten Tag ab.

021

Travemünde, Schleswig-Holstein
Di-09.Aug-2016

Stina: „Oh, das ist aber schön. Ich habe gar nicht mit Dir gerechnet, wo wir doch erst gestern miteinander telefoniert haben" freute sich Stina. York schilderte ihr die Erlebnisse der letzten Stunden. „Oh je, dass grenzt an einen Albtraum. Bisher hielt ich Kenia immer für ein lohnenswertes Reiseziel. Wir treten hier auch auf der Stelle. Die Wasserleiche Almut Mertens bereitet mir starkes Unbehagen. Offiziell sollen wir die Ermittlungen einstellen. Tod durch Ertrinken, aber ich spüre förmlich körperlich, dass da mehr hintersteckt. Du weißt, dass ich das nicht so ohne weiteres akzeptieren kann."

„Passe bitte auf Dich auf. Wenn Dein Verdacht stimmt, kann es heikel werden. Solche Typen gehen da rigoros vor."

„Ich weiß. Bei dem Typen klingeln meine ganzen Alarmglocken. Einige Kollegen unterstützen mich freundlicherweise. Denen geht das auch gegen den Strich. Kevin ist noch ein paar Tage krank geschrieben. Bislang konnte er uns auch nicht weiterhelfen."

Ihre Gedankengänge konnte ich nachvollziehen. Dennoch musste ich schmunzeln. „Als Verbrecher möchte ich Dich nicht an den Fersen wissen," und schob gleich hinter her „als Partnerin natürlich jederzeit."

„Das möchte ich mir auch ausdrücklich erbitten" hielt sie mit gespielter, entrüsteter Stimme dagegen.

„Ich bin gleich noch mit dem Tauchlehrer der örtlichen Basis verabredet. Vielleicht bringt mir ein Tauchgang im indischen Ozean das Land ein wenig näher, nachdem über Wasser die Schatten, trotz intensiver, senkrechter Sonneneinstrahlung, das Land abdunkeln. Da der Tourismus nach den Terroranschlägen, quasi nur noch ein Schattendasein frönt, sollen die Korallenriffe in einem tollen Zustand sein. Ich freue mich schon riesig darauf. Endlich mal keine Leichen zum Frühstück."

„Da drücke ich Dir ganz fest die Daumen. Nachdem Albtraum brauchst Du etwas für die Seele. Ich versuche derweil weiter, die Nuss zu knacken, die zwischen meinem Hintern und einem behaglichen Feierabend sitzt. Gleich ist auch noch ein Meeting mit dem neuen Hauptkommissar aus Lübeck. Die Position war ja aus bekannten Gründen längere Zeit nicht besetzt. Jetzt kommt ein neuer Kollege aus Wiesbaden auf diesen Posten. Hoffentlich besiegt er den Fluch, der auf dieser Stelle lastet."

„Stina, seit wann bist Du abergläubig ? Das ist ein ganz neuer Zug an Dir."

„Das bin ich wirklich nicht. Allerdings ist diese Position in den letzten Jahren nicht gerade vom Glück verfolgt. York, ich würde gerne mit Dir noch länger sprechen, nur, ich höre schon den Innensenator im Nachbarzimmer. Die Delegation scheint angekommen zu sein. Hoffentlich wird nicht so lange geschwafelt. Der Senator ist dafür ja bekannt. Wir haben Wichtigeres zu tun." Wir wünschten uns gegenseitig viel Glück für den Tag und beendeten das Gespräch.

Im selben Moment wurde die Tür zu Wallisons Büro aufgerissen.

„Guten Morgen liebste Frau Wallison" begrüßte der Senator

sie unangemessen jovial. „Wie ich sehe, sind Sie schon wieder voller Tatendrang. Sehr gut. So habe ich es am Liebsten" trällerte er und vergaß offensichtlich dabei, dass er gerade erst gestern die Einstellung der Ermittlungen im Fall Stich forciert hatte. „Schauen Sie doch einmal, wen ich da mitgebracht habe" fuhr er ungebremst fort. „Ihr neuer Kollege, Hauptkommissar Cink, direkt aus Wiesbaden. Ich bin froh, dass wir so einen Spitzenmann für uns gewinnen konnten."

Wallison wusste nicht, wen oder was sie erwartet hatte, zumal sie es aufgegeben hatte, sich Spekulationen hinzugeben. Dennoch war Stina Wallison ein wenig erschrocken, als der neue Hauptkommissar hinter dem Senator sichtbar wurde.

Ein allenfalls 160cm kurzer, blasser Mann mit Halbglatze und ausgeprägter Stirnader, in einem dunkelgrauen, schlecht sitzenden Anzug. Darunter ein ehemals weißes Hemd und ein grauer, dünner Wollpullover. Garniert hatte er das Outfit mit einer dunkelblauen Krawatte. Dazu trug er braune Westernstiefel. Die Nickelbrille auf der Nase rundete das Gesamtbild ab.

„Krass" schoss es Stina durch den Kopf und ergriff die zarte, entgegen gestreckte Hand. „Sicher so ein Hochschul-Karrieretyp." Unsicher blickende, gelbgrüne Augen ruhten auf ihr. Seine Oberlippe umspielte ein leichter Flaum.

Mit tiefer, dunkler Stimme, die gar nicht zu seiner Statur passte, begrüßte er Wallison knapp. „Auf gute Zusammenarbeit" quetschte er schmallippig hervor und rückte seine Nickelbrille zurecht. Der Händedruck allenfalls schwammig.

„Wie gesagt, ich bin froh, HK Cink in unserem Team zu haben" plapperte der Senator wieder munter drauf los. „So einen Glücksfall gibt es nicht jeden Tag."

Stina Wallison wusste nicht genau, wie er das meinte. Ein Glücksfall, weil der Kollege tatsächlich eine Koryphäe ist, ein

Glücksfall, weil der Kollege eher bequem zu führen schien oder ein Glücksfall, weil bislang niemand diese Position bekleiden wollte. Wallison versuchte sich, von jeglichen Vorurteilen zu befreien und ihm die Chance zu geben, die alle von ihr bekamen.

Wallisons Diensttelefon klingelte und so löste sich der drohende, peinliche Moment sofort auf. „Möchten Sie mit zu Ihrem ersten Tatort ?" Sie nahm ein kurzes Augenzucken an HK Cink wahr, aber gleichzeitig nickte er tapfer.

Der Senator verabschiedete sich schnell.

022

Mtwapa, Kenia

Tatsächlich erschien Jim, der kanadische Basisleiter der Baracuda Tauchschule und Partner der Severin Sea Lodge, pünktlich zum vereinbarten Termin – nach kenianischer Zeit, also etwa dreißig Minuten später. Das ist nach den örtlichen Zeitvorstellungen mehr als pünktlich. Rainer, ein weiterer Taucher, hatte sich noch dazu gesellt. Er verbrachte hier zum zweiten Mal seinen Urlaub. Im letzten Jahr startete Rainer den ersten Teil seiner Ausbildung zum Padi Open Water Diver die er nun zum Advanced ausbauen wollte, nach nur vier Tauchgängen. Ich war gespannt.

Das Equipment war von seinen Mitarbeitern bereits bereit gestellt, sodass wir nur noch unsere eigene ABC Ausrüstung schnappten und das Tauchboot bestiegen.

Langsam befuhren wir den türkisfarbenen Mtwapa Creek, vorbei an der Copacabana Beach Bar, bis zur Flussmündung, wo er sich in den indischen Ozean ergießt. Draußen auf dem offenen Ozean empfing uns eine raue See. Hier im Outerreef waren wir den warmen Winden schutzlos ausgeliefert. Die guten fünf Beaufort bauten eine Dünung von gut und gerne drei Meter auf. Das Tauchboot glich hier nur noch einer Nussschale. Ich genoss die Kräfte der Natur.

Meiner Ausrüstung hatte ich noch einen gründlichen Check unterworfen, sodass ich vollkommen entspannt mit 210 bar abtauchen konnte, obwohl neben mir Rainer total nervös wirkte. Die Atemluftflasche knallte er sich beinahe auf den Fuß und im Wasser stellte er fest, dass seine Tauchermaske noch an Bord lag. Hakuna Matata!

Im siebenundzwanzig Grad warmen Wasser rauschte ich bis auf vierundzwanzig Meter nach unten. Dort sammelten wir drei uns, wie abgesprochen. Eine Menge Schwarmfisch erwartete uns und vertrieb uns die Wartezeit auf Rainer, dessen Druckanpassung nicht sofort funktionierte. Diese bekam er nach drei, vier Minuten in den Griff und so starteten wir den Unterwasserspaziergang. Die Korallen waren durchweg gesund und boten eine enorme Vielfalt. Kein Wunder, denn in Kenia tauchten nur noch ganz wenige Menschen ab. Hier draußen gab es dazu jede Menge Fischarten zu bewundern. An der Küste, wo die Fischer stehen konnten, fingen sie mit riesigen Ringnetzen und 50 bis 100 Menschen, den gesamten Fisch ein. Die dortigen Bestände würden sich nicht mehr so schnell erholen.

Rainer zappelte ständig neben mir herum, obwohl ich versuchte, mich von ihm frei zu halten. Er tauchte neben mir, unter mir oder über mir auf. Irgendwie schaffte er es, mir ständig seine Flossen vor die Brille zu schlagen. Zwischendurch erschien Tarierung ein Fremdwort für Rainer zu sein beziehungsweise tarierte er zwischen sechsundzwanzig und zehn Meter. Alles eine Frage der Relation. „Es muss auch nicht jeder das Tauchen erlernen" befand ich. „Vielleicht ist Schach oder meinetwegen auch Trampolinspringen das Richtige für ihn." Tauchen war es mit Sicherheit nicht. Vorher sollte er jedoch einmal einen Zahnarzt aufsuchen. Wenn er einen angrinste, dann erblickte ich vier große

Lücken, drei Stummelzähne und ansonsten schwarze Katjes. Kein Wunder, dass Rainer Single war. Allerdings in Mtwapa bekam er Frauen – gegen kleines Geld. „Eindeutig viel zu wenig Schmerzensgeld" befand ich. „Eine perfide Form der modernen Sklaverei."

Nach vierunddreißig Minuten, jeder Menge Flöten- und Anemonenfischen, zwei Blaupunkt- und einem elektrischen Rochen, sowie je einem Skorpion- und Krokodilfisch, ging Rainer die Luft aus und wir mussten den Tauchgang früher als geplant beenden. Rainer saugte während der letzten Dekozeit am Octopus von Jim mit. Ein normaler Tauchgang ist so angelegt, dass am Ende noch 50 bar an Sicherheitsluft in der Flasche ist. Bei mir waren es noch 110 bar.

Dennoch war der Tauchgang für mich ergiebig. Alleine das Abtauchen in ein anderes Universum ist immer wieder beeindruckend. Mit Hilfe der inzwischen ausgefeilten Technik, ist es einem normalerweise möglich, für eine Stunde eins zu werden mit der verborgenen Unterwasserwelt, zu der uns der Zugang ansonsten verwehrt bliebe. Ein slowmotion Spaziergang der besonderen Art. Nach einer Stunde tauchten wir ein zweites Mal in den schönen indischen Ozean ab.

Im Moorings, dem herrlich gelegenen Hafenrestaurant am Mtwapa Creek, speisten Jim und ich abschließend krosse Kartoffelpuffer wie bei Muttern, zu einem leckeren Tusker Beer.

Herrlich. Die Welt kann so schön sein.

023

Innerhalb elf Minuten traf Wallison am vermeintlichen Tatort ein. Die Priwall Autofähre war über die Einsatzleitstelle
vorab informiert, sodass sie ohne Wartezeit auf die standby
stehende ‚Travemünde' fahren konnten. Sofort schloss sich
die Zufahrtschranke hinter ihrem Dienstwagen und die
Fähre setzte augenblicklich über die Trave. Dieses Zusam-
menspiel klappte hervorragend und rettete dem einen oder
anderen Patienten u.a. das Leben, wenn es auf Sekunden
ankam. In diesem Fall konnten sie wohl kein Leben mehr
retten, laut der letzten Information.

Von der Mecklenburger Landstrasse bogen sie direkt in den
Pötenitzer Weg. Beinahe wurden sie dabei von einem
schwarzen Golf GT gerammt. Nur ein schnelles Ausweichmanöver verhinderte einen Crash. „Das war knapp" bemerkte Wallison trocken und unaufgeregt. Sie nahm noch ein
Presseschild an der Windschutzscheibe wahr. „Wie kommen
die schon hier her ?" sprach Wallsion mehr zu sich, als zu
ihrem Kollegen.

Sie stellte den Wagen unabgeschlossen an den Straßenrand,
zog aber den Autoschlüssel ab. Erste Gaffer standen bereits
dicht am Geschehen. Zwei Streifenpolizisten rollten gerade
ein Absperrband ab und drängten dabei die neugierigen
Passanten zurück. Ein besonders dreister Mann unter ihnen,
hatte sich direkt vor die Sanitäter gedrängelt, behinderte
deren Arbeit und filmte den Leichnam. Wallison rempelte
den Typen gekonnt unbedarft an, sodass ihm das Handy aus
der Hand auf den Boden fiel. Im gleichen Moment trat sie
wie zufällig auf das Display. Es gab einen kurzen, trockenen
Knall, gleich dem Platzen einer Kaugummiblase. Außerdem
knirschte es hässlich.

Die geschätzten einhundert Kilogramm, verteilt auf etwa
einhundertachtzig Zentimeter, drehten sich aufbrausend und
mit erhobener Hand zu POK Wallison um. „Du alte F..."

Weiter kam er nicht. Blitzschnell ergriff Stina Wallison die

Hand, drückte kräftig zwischen dem Spreizgelenk von Zeigefinger und Daumen, drehte gleichzeitig seinen Arm auf den Rücken. Dabei verlagerte sie ihr Körpergewicht auf das linke Standbein und kickte mit dem rechten Fuß in seine Kniekehlen. Wie vom Blitz getroffen klappte der Koloss auf seine Knie und schrie wie am Spieß vor Schmerzen. Gekonnt rasteten die Handschellen an seinen Handgelenken ein. „Festnehmen und abführen, wegen Störung einer Amtshandlung, Angriff und Widerstand gegen einen Polizeibeamten im Dienst." Einer der Streifenpolizisten nahm sich des jammernden und fluchenden Typen an. Im nächsten Moment konzentrierte sie sich schon wieder auf den Grund ihrer eigentlichen Aufgabe. „Was haben wir denn hier ? Gibt es schon irgendwelche Anhaltspunkte ?" fragte sie den Rettungssanitäter.

„Die Frau ist definitiv tot. Ob durch den Sturz oder durch einen Schlag auf den Kopf, kann ich nicht beurteilen. Es gibt eine Menge Blut hier, wie sie unschwer erkennen können. Das überlasse ich gerne kompetenteren Leuten. Ich bin ausschließlich für die lebenserhaltenden Maßnahmen zuständig. Dies soll auch so bleiben. Leider konnten wir für diese Frau nichts mehr tun."

In diesem Moment traf Hauptkommissar Cink am Tatort ein. Zumindest machte Wallison ihn jetzt erst aus. Er warf einen flüchtigen Blick auf die Leiche. „Ich tippe einmal auf Raubmord" preschte er mit seiner Einschätzung vor. „Ich habe schon mit zwei Zeugen gesprochen. Sie haben einen etwa dreißigjährigen Mann, südländischer Abstammung, über der Leiche gebeugt gesehen. Da die Leiche keinerlei Papiere, Geld oder ähnliches bei sich trägt und der linke Arm lediglich ein Abdruck eines Uhrenarmbandes vorweist, liegt hier sicher ein Raubmord vor. Wir sollten sofort eine Fahndung rausgeben und dem naheliegenden Asylantenheim einen Besuch abstatten. Ich denke, der Fall liegt auf der Hand, Frau Kollegin."

Vergeblich wartete HK Cink auf Zustimmung.

Stina Wallison stöhnte innerlich auf. Wieder einmal so ein blasierter Hammerwerfer. „Wir sollten noch einige Fakten abklären, bevor wir mit dem großen Geschütz unterwegs sind. Zumindest kann es nicht schaden, wenn wir den Zeugenhinweisen nachgehen. Ein weiterer Zeuge kann hilfreich sein."

Zwei weitere Journalisten bahnten sich den Weg hinter das Absperrband. Beide waren von der Travemünder Aktuell. Sie wechselten kurz zwei Sätze mit dem Hauptkommissar. „Hallo Helge, hallo Karl" begrüßte Stina Wallison die beiden Reporter. „Heute scheint die Presse mit dem Hubschrauber unterwegs zu sein, so schnell, wie ihr hier alle auftaucht. Ja, es gibt eine Leiche. Nein, ich bin nicht der Ansicht meines Kollegen, dass wir es mit einem Raubmord und schon gar nicht mit einem Mord durch einen Flüchtling zu tun haben. Genaueres wird uns sicher der Rechtsmediziner sagen können, wenn er den Leichnam untersucht hat."

„Wir sind zufällig hier, Stina" ergriff Karl Vögele das Wort. Wir haben gerade an einer Pressekonferenz über das Waterfront Projekt in der Seglermesse teilgenommen, als wir die Nachricht erhielten."

„Ich bin nicht sicher, was schlimmer ist" warf Helge Norman trocken ein und verdrehte die Augen. „Unsere Politiker sind auf vielen Positionen eine einzige Katastrophe. Die Schildbürger lassen Grüßen." Helge schnaubte. „Zumindest habe ich so immer etwas zu schreiben, was sich lohnt" fügte er süffisant hinzu. „Wir bringen in diesem Fall nur eine kleine Notiz. Wenn sich näheres ergibt, dann können wir immer noch die Story erweitern."

Karl Vögele schoss noch ein paar Aufnahmen ohne den Leichnam, merkte dabei an, dass er gleich noch einen Fototermin auf der Passat hatte. Somit machten sie sich beide kurzerhand wieder auf den Weg. Zeitgleich verabschiedeten sich Wallisons Kollegen Malte und Hans, um der Flüchtlingsunterkunft einen Besuch abzustatten.

„Damit habe ich den Hauptkommissar alleine an der Backe"
konstatierte Stina Wallison, ohne das sie es laut aussprach.
„Dabei fing der Tag so vielversprechend an." Sie zückte ihr
Handy und scrollte im Telefonbuch auf ‚D'.

024

Obwohl er gerade das neue Jacobs Weizenbier im Marina
Restaurant geordert hatte, machte sich Dildo sofort zum
Strandbahnhof auf. Er konnte einer Frau keine Bitte abschla-
gen. Yorks Freundin Stina schon überhaupt nicht.

Freunde von ihr sollten um 15:25h mit dem Zug eintreffen.
Da sie noch in einen Fall auf dem Priwall eingebunden war,
half er ihr gerne aus der Klemme. Zwei alte Freundinnen von
Stina, aus dem österreichischem Lanersbach im Tuxertal,
haben ihren Besuch angekündigt. „Du wirst die Damen
schon an ihren strammen Wadeln erkennen. Zenzis halt"
klang Stinas Lachen noch in seinem Ohr, als er nach even-
tuellen Erkennungsmerkmalen fragte. Mehr hatte sie ihm
nicht mitgeteilt.

Deshalb stand er überpünktlich um 15:10h am einspurigen
Gleis des Sackbahnhofes. Aufgrund des Zeitpolsters vertrieb
er sich das Warten mit einer kurzen Inaugenscheinnahme
des alten, denkmalgeschützten Jugendstilgebäudes. Erstaunt
nahm er das erste mal, den schönen Innenraum zur Kenntnis. Vage entsann er sich, dass eine Privatperson das Bahn-
hofsgebäude im letzten Jahr für € 760.000.- ersteigerte und
dabei ist dem Gebäude neues Leben einzuhauchen. In der
Abteilung der Travemünder LTM vergaß er beinahe die
Ankunftszeit. Der Zug musste schon ein, zwei Minuten am
Bahnsteig stehen, denn die meisten Reisenden strömten
bereits vom Bahnhofsgelände. Trotzdem blieben noch eine

Menge Personen über. Der Ort war gerade zu dieser Jahreszeit wie ein Magnet.

Einige Ankömmlinge studierten noch den Stadtplan um sich zu orientieren. Andere diskutierten offensichtlich ihre weitere Vorgehensweise. Dildo hielt Ausschau nach – „wonach halte ich eigentlich Ausschau ?" fragte er sich. Stina war gerade dreiundvierzig. Somit schätzte er die beiden Frauen auf plusminus fünf Jahre. Dazu aus den österreichischen Bergen. Stramme Wadeln hallte ihm noch im Kopf. Demnach musste er nur nach zwei kräftigen, stark gebauten Frauen schauen. „Mit Zöpfen ?" sinnierte Dildo. Mit Glück trugen sie Tracht oder irgendetwas Landestypisches. „So schwer kann das doch wirklich nicht sein" motivierte er sich, ob der noch zahlreichen Personen am Bahnsteig.

Da entdeckte er die vermeintlichen Zielpersonen. Zumindest entsprachen sie seinen Vorstellungen. Einen Koffer zogen die beiden Frauen ebenfalls hinter sich her, was für einen längeren Aufenthalt sprach. Um den Strand oder die Travemünder Woche zu besuchen, braucht es keine Koffer, hatte er beschlossen. Auch wenn sie in keiner Tracht gekleidet waren, entsprachen beide seinen Vorstellungen von alpenländischen Zenzis. Freundlich grinsend ging er auf sie zu.

„Herzlich Willkommen im schönen Travemonte, ähem, Travemünde natürlich" korrigierte Dildo sich grinsend und streckte zur Begrüßung seine Hand entgegen. „Ich bin Dino, Dino Hopf und stehe Ihnen zu Diensten" erklärte er galant. „Sie dürfen natürlich auch Dildo zu mir sagen. Ich nehme Ihnen gleich schon einmal die Koffer ab. Was ist so angesagt im Gebirge ?" plauderte er munter drauf los.

Die beiden Frauen schauten ihn erschrocken an, aber anstatt, dass eine der beiden Frauen seine ausgestreckte Hand ergriff, setzte es bei ihm eine schallende Ohrfeige.

„Gibärsche ? Hey, Du Runks. Halts och'nbligg'sch de drägg'sch Guschn ! Beest Schlaz ?" Das hieß nichts anderes als: „Gebirge ? Ey, Du ungehobelter Kerl. Halt bloß augen-

blicklich Deine schmutzige Klappe oder hast Du einen großen Riss im Gewebe ?"

Darauf war Dildo nicht im Ansatz vorbereitet gewesen. Ehe
er seine Sprache wiederfand hörte er die Prügelnde sagen:
„Machenses hibsch !" Er wurde noch kurz mit einem ver-
nichtenden Blick bedacht, bevor sie loszockelten.

„Aber..." begann er konsterniert und sah im gleichen Moment ein, dass hier jedes Wort vergeblich war. Das hatte er
gründlich versaut. Grübelnd stand er alleine auf dem Bahnsteig und blickte den beiden Frauen hinterher. „Sächsich
auch noch" dachte er und versuchte der Situation etwas
Positives abzugewinnen. „Dialekt ist eben nicht Dialekt."
Dabei rieb er seine glühende Wange.

„Das war ja wirklich filmreif" hörte er hinter sich eine Stimme. Irritiert drehte er sich um.

025

Die Flüchtlinge waren in der Wiekstraße untergebracht. So
brauchten Hans und Malte nur dem Straßenverlauf weiter zu
folgen und nach links abbiegen. Nach außen hin wirkte die
Flüchtlingsunterkunft sehr ruhig. Es waren keine Menschen
zu sehen. Nach dem Klingeln öffnete eine unsicher dreinblickende, kleine Frau die Tür.

Sie stellten sich beide vor. Sie schlug die Augen nieder und
bedeutete ihnen, ihr zu folgen. Durch einen dunklen Flur
ging es zu einem größeren, cirka sechzig Quadratmeter
großen Raum. Der Raum war nur spärlich, mit einem Sofa,
zwei Sesseln und drei leeren Colakisten eingerichtet. Die
Wände waren kahl und vor längerer Zeit einmal weiß ge-

strichen. Von der Decke baumelten lediglich zwei einzelne Glühbirnen. Ein trauriger Anblick.

Die lebhaften Gespräche die hier drin geführt wurden, verstummten augenblicklich, als die beiden Beamten wahrgenommen wurden. Zwei Gruppen, alles Männer, diskutierten, bis eben, worüber auch immer. Es klang für die beiden Arabisch. Die Nationalitäten schienen unterschiedlich.

Hans sah Malte an, nickte mit dem Kopf in Richtung Fenster und zog stumm fragend die Augenbrauen hoch.

Dort bildeten zwei hübsche Frauen, jeweils so etwas wie ein Fleisch gewordenes Dreieck. Die flach ausgestreckten Handflächen und ihre Fußsohlen berührten den Boden. Hände und Füße befanden sich in einem Abstand von gut einem Meter. Durch diese teilgeklappte Haltung wurde der Hintern in die Höhe gestreckt. Sie verharrten still in dieser Haltung.

„Yoga" flüsterte Malte Hans zu. Der stierte eine Weile ungeniert auf die beiden Hinterteile und zuckte dann die Schulter, nachdem ihn Malte angestoßen hatte. Die halbstündige Befragung wurde ergebnislos abgebrochen. Die Bewohner konnten weder Deutsch noch Englisch und die beiden Beamten kein Arabisch. Die Befragung war nur ein einziges, verständnisloses Schulterzucken von beiden Seiten. So nahmen sie wenigstens die Personalien aller Anwesenden auf und verabschiedeten sich wieder. Ohne Dolmetscher ging da nichts.

„Es hat mich überrascht, wie sauber es in der Unterkunft ist. Bei so vielen Menschen auf engem Raum und dazu noch dieses Pa..."

„...Halt Dich bitte zurück mit Deinen ewigen rassistischsten Äußerungen, Hans. Das sind Flüchtlinge und müssen deswegen noch lange keine Dreckschweine sein. Davon haben wir im übrigen genug im eigenen Land, zuzüglich der geistigen..."

„...'tschuldigung. Ich habe das nicht so gemeint." Zer-
knirscht schaute er Malte an. „Ich bin gerade nicht so
zufrieden, wie es bei mir läuft. Da lasse ich mich leider leicht
anstecken von der Stimmung im Land und suche einen
Sündenbock. Die Flüchtlinge erscheinen mir da als leichtes
Ziel. Ich weiß, dass ich als erstes bei mir anfangen muss,
wenn ich eine Änderung herbeiführen möchte. So weit bin
ich aber noch nicht. Wird schon" machte Hans sich selber
Mut. „Sage einmal, verstehst Du was von Yoga ?"

„Meine Freundin praktiziert das schon seit Jahren. Daher
weiß ich, dass die beiden Frauen den Adho Mukha Svana-
sana ausgeübt haben."

Hans schaute ihn verständnislos an.

„Das ist der herabschauende Hund und eine bekannte Yoga-
übung. Der herabschauende Hund soll eine beruhigende
Wirkung auf unser Gehirn haben und energetisiert den gesamten Körper. Meine Freundin schwört darauf. Allerdings
sagt sie immer herabschauender Faltenhund, da sie meint,
dass sie so ihre Zellulitis besser erkennen kann. Vielleicht ist
das auch etwas für Dich, um Deinen Stress abzubauen, Dein
Wohlbefinden aufzubauen und es zu steigern."

„Ich habe keine Zellulitis" antwortete Hans trocken. „Ein
paar Bier tun es auch" fügte er an.

„Nun, ich sehe bei meiner Freundin auch keine Zellulitis,
aber Du weißt, wie Frauen da empfindlich sind. Auf jeden
Fall ist sie sehr ausgeglichen und mit sich selbst im Reinen.
Allein das zählt."

„Die Autofähre kommt" murmelte Hans und sagte auf dem
Rückweg zur Dienststelle kein Wort mehr.

026

„Das war ja wirklich filmreif" hörte er hinter sich eine Stimme. Irritiert drehte Dino Hopf sich um. Was er sah, verschlug ihm für einen Moment die Sprache.

Die rotblonde, der beiden gleichermaßen attraktiven Frauen, ergriff wieder das Wort. „Du musst Dildo sein, der gute Freund von Stina?" Es klang mehr wie eine Feststellung, als nach einer Frage. „Baggerst Du jedes weibliche Wesen in der Öffentlichkeit an?" Sie lächelte ihn mit einem süffisanten Grinsen an. „So richtig geschmeidig bist Du das aber nicht angegangen" stellte sie trocken fest.

„Vielleicht fehlt unserem Casanova nur die Übung" schaltete sich die andere ein, strich eine imaginäre Locke aus der Stirn und streckte ihm die Hand zu. „Steffi" sagte sie und deutete auf ihre Begleiterin. „Das ist meine Freundin Gloria. Unverheiratet übrigens" Sie lachte glucksend.

Erst jetzt hatte sich Dino Hopf wieder gefangen. „Au weia, dass ging ja gründlich daneben. Wenn ich ehrlich bin, habe ich zwei... Naja, so wirklich weiß ich gar nicht, was ich eigentlich erwartet habe" zog er sich gerade noch so aus der Affäre. „Nur mit zwei so wunderschönen Frauen habe ich nicht gerechnet." Das meinte er ehrlich und kam somit auch authentisch rüber. Er schüttelte herzlich Steffis rechte Hand. „Nennt mich einfach Dildo, so wie es alle meine Freunde tun. Stinas Freunde sind auch meine Freunde." Er wandte sich Gloria zu und gab auch ihr die Hand.

Selbst Fremde hätten den grellen Blitz wahrnehmen können, der bei der Berührung ihrer Hände auf beide Körper übersprang. Nur war der Strandbahnhof, bis auf die drei Personen, wie leer gefegt. Erschrocken oder mehr überrascht schauten sich beide stumm an.

Die entstandene Stille durchbrach Steffi. „Also, ich kann es nur glauben, weil ich es gesehen und sogar gespürt habe.

Unglaublich ! Ich dachte, so etwas gibt es nur im Film. Kann es sein, das hier eben ein Blitz eingeschlagen hat ?" stellte sie ergriffen fest. „Diesen Moment muss ich unbedingt festhalten und in einem meiner nächsten Bücher verarbeiten. Meine Kritiker werden mir wieder eine blühende Fantasie vorwerfen, aber was verstehen die schon von wahren Begebenheiten im Leben ? Ich schreibe Romane, musst Du wissen. Schon Trivialliteratur, aber mit realen Hintergründen. Ideal zum Entspannen bei einem Glaserl am Kamin oder natürlich auch bei Euch hier am Strand."

„Also Steffi, das.., das ist ja peinlich mit Dir." Sie wandte sich Dildo zu. „Entschuldige Di-Dil-Dildo." Irgendwie tat Gloria sich schwer mit dem Namen. „Steffi ist normalerweise nicht so ungehobelt."

„Was heißt peinlich ? Ich bin halt sehr direkt."

Dildo versuchte die Situation ebenfalls zu entkräften. „Es gehören immer zwei zu einer Beziehung und die Idealmaße einer Frau sind 90 – 42 – 90." Er schob die Auflösung sofort hinterher, obwohl er bereits ahnte, dass der Abstand zwischen zwei Fettnäpfchen in diesem Moment aus einem Dildo bestand. 90 Jahre alt, 42 Grad Fieber und 90 Millionen auf der Bank." Er grinste schief.

„Dich als Ehemann wäre eine Katastrophe" konterte Steffi. „Mein Ex ist ein Schatz. Man braucht eine Karte und Schaufel, um ihn zu finden..." Sie zwinkerte ihm zu.

„Puh !" Die befürchtete Eisbildung drohte doch keine zu werden. Dildo atmete innerlich auf. Mit den falschen Frauen hätte dies auch in einer Katastrophe enden können. „Humor ist nicht allen in die Wiege gelegt" dachte er und freute sich über Stinas tolle Freundinnen. Besonders über Gloria. Die hatte in ihm etwas ausgelöst, was er noch nicht genau einzuschätzen wusste. „Ein warmes, positives Gefühl ist es allemal" gestand er sich vorsichtig ein. Ein heißer Blitz traf es sicherlich besser. „Bevor ich Euch zu der Unterkunft fahre, sollten wir noch einen leckeren Kaffee zu uns nehmen" schlug er vor. „Ich kenne da einen netten Barista, in einer Espressobar, in der Vorderreihe. Der versteht seinen Beruf und wir können dem Treiben in der Straße ein wenig zuschauen. Draußen natürlich."

Beide nickten zustimmend. „Oh ja. Auf jeden Fall. Die Zugfahrt war lang und das Wetter ist zu schön, um jetzt irgendwo drinnen zu versauern."

Rasch verstauten sie ihr weniges Gepäck im Auto und fuhren über die Außenallee durch die eingeschränkt gesperrte Vorderreihe. „Kann es sein, dass Du gerade verkehrswidrig unterwegs bist?" wollte Steffi wissen.

„Ich bin quasi Anlieger. Ein Anliegen habe ich sowieso" dehnte Dildo die Ausnahmen ein wenig. „Neben den bissigen Damen vom Stadtamt muss man hier vor allem immer mit Gegenverkehr in der Einbahnstraße rechnen. Vier-, fünfmal am Tag wird diese Straße entgegen der vorgeschriebenen Richtung befahren. Aus Kenia kommen diese Fahrer übrigens nie." Dildo lachte herzlich. Er zeigte auf den Dachhimmel. „Eben habe ich zusätzlich noch mein mobiles TAXI Schild auf dem Dach befestigt. Ist magnetisch und haftet ausgezeichnet. Schließlich bin ich heute so etwas wie ein Dienstleister" untermauerte er seine Logik und schob gleich einen Witz hinterher.

„Um einen Sonderurlaub zu bekommen, entschließt sich eine Frau, ihrem Chef vorzuspielen, verrückt zu sein. Sie hängt sich an die Zimmerdecke ihres Büros auf.
Verwundert fragt ihr Kollege sie daraufhin, warum sie das tun würde.
Sie erklärt es ihm und nach einer Weile kommt der Chef zu ihnen herein.
Als er seine Mitarbeiterin an der Decke baumeln sieht, fragt er: „Was machen Sie denn da oben an der Decke?"
„Sehen Sie das denn nicht, ich bin eine Glühbirne."
„Sie sind ja vollkommen verrückt. Bleiben Sie am besten für die nächsten beiden Wochen zu Hause und ruhen sich aus. Danach sehen wir, wie es weitergeht."
Die Frau geht.
Doch als auch ihr Kollege seine Sachen packt, fragt der Chef irritiert, warum

er denn gehen wolle.
Daraufhin sagt sein Angestellter: „Wie soll ich denn im Dunkeln arbeiten?"

Steffi und Gloria lachten gelöst, was Dildo zu einem weiteren Witz animierte. „Kennt Ihr den mit dem Flaschengeist?" Er wartete gar nicht erst ihre Antwort ab und legte los.

„Ein Ehepaar spielt Golf.
Zu ihrem Entsetzen fliegt ein gerade abgeschlagener Golfball durch ein Fenster, welches in viele kleine Scherben zerbricht. Das Ehepaar, sich der Schuld bewusst, geht sofort in das Haus hinein, um den Eigentümer zu verständigen. Beide rufen laut, doch niemand antwortet. Sie gehen in den Raum, wo das zerbrochene Fenster ist und sehen eine kaputte Vase. Daneben ein Mann mit einem Turban auf dem Kopf.
"Sind Sie der Eigentümer des Hauses?" fragt der Ehemann.
"Nein. Ich war 1000 Jahre in dieser Vase eingesperrt, aber jemand hat diesen Golfball durch dieses Fenster geschossen, dabei die Vase umgeworfen und nun bin ich befreit!" antwortet er daraufhin.
Der Ehemann, nicht dumm, fragt auch gleich: "Oh, Sie sind ein echter Flaschengeist?"
"Korrekt. Ich erfülle euch zwei Wünsche. Weil ich so geizig bin, behalte ich den dritten Wunsch für mich."
Okay, denkt sich der Ehemann und sagt auch gleich: "Super! Also, ich will ein jährliches Einkommen von 1.000.000 Euro. Steuerfrei!"
"Ist gemacht. Dein zweiter Wunsch?"
"Och.., immer leckeres Essen!"
"Auch das ist gemacht. Nun mein Wunsch: Ich habe seit 1000 Jahren kein weibliches Wesen mehr gesehen, geschweige denn angefasst. Lass mich mit Deiner Frau ins Bett gehen!"
Das Ehepaar willigt ein und wenige Minuten später sind Frau und Geist kräftig dabei, während sich der Ehemann wieder seinem Golfspiel widmet.
"Wie alt ist dein Ehemann?" fragt der Geist.
"Einunddreißig" antwortet die Frau.
"Und da glaubt er noch an Flaschengeister?"

Die Stimmung stieg weiter an. Zu einem weiteren Witz reichte die Zeit nicht mehr. Sie waren bereits angekommen. Den Wagen parkte er kurzerhand am Kai, wo die Motoryachteigner ihre Fahrzeuge abstellten. Von einem Freund wusste Dildo, dass dieser für eine Woche auf Ibiza weilte. So

brauchten sie keine fünfzig Meter mehr gehen und erreichten die individuelle Espressobar, Gusto Joda.

Eine kleine Sitzgelegenheit an der Straße, mit Blick auf das Fisch Hus, war frei. „Das passt doch. Wie für uns bestellt" freute sich Dildo. Er hatte fast nur noch Augen für Gloria und umgekehrt beobachtete sie Dildo auf Schritt und Tritt.

„Haaaallo ! Erde an Wolke sieben. Ich bin auch noch da" machte Steffi, nicht wirklich Ernst gemeint, auf schmollend. „Da will ich mit meinen Freundinnen hier ein paar tolle Tage verbringen und wir sind noch nicht einmal dreißig Minuten am Zielort, da bin ich schon flüssig. Überflüssig." Sie machte eine gespielt, theatralische Armbewegung. „Stina sagte mir, dass wir von einem guten Freund abgeholt werden. Sie hat nicht gesagt, dass sich eine meiner besten Freundinnen in ihn verlieben soll." Gloria errötete leicht. Mit einem weichen Blick fügte Steffi an: „Ich lasse Euch mal ein wenig alleine, Ihr Turteltauben. Ich sehe da einen Shop, der mein Interesse geweckt hat" lächelte Steffi. „Auf der Bank ist sowieso nur Platz für zwei." Sie blickte Dildo an. „Neben meiner Schriftstellerei habe ich ein intensives Hobby. Shoppen." Sie rollte entrückt die Augen. „Shoppen in jeder Lebenslage. Allerdings bin ich mehr die ,Viewerin'. Das Kaufen gibt mir nichts. Bis gleich..."

Die ersten Minuten saßen beide stumm nebeneinander und musterten sich schüchtern. Klaas Joda, der Barista, brachte zwei Espressi, mit einem zusätzlichen Glas stillem Wasser, an den Tisch. „Ich gebe Euch beiden ein Tartufokonfekt mit Kakaopulver zum Probieren dazu. Das ist echt lecker. Es besitzt ein enormes Suchtpotenzial. Allerdings sind da auch die kleinen Tierchen drin versteckt, die nachts die Kleider enger nähen. Diese kleine Sünde ist es jedoch allemal wert."

Gloria fand die Sprache als erstes wieder. „Kleine Sünden bereichern das Leben und gegen die kleinen Tierchen habe ich ein Rezept. Bewegung. Ich probiere das gerne. Vielen Dank !"

„Da brauche ich mich nicht überreden zu lassen. Ich bin schon dabei." Sofort platzierte Dildo das Praline` genüsslich in seinem Mund.

„Ich habe Ihre alten Kaffeemühlen schon bewundert. Sind das Sammlerstücke oder kann ich davon eventuell eine erwerben? Es weckt Erinnerungen an meine Kinderzeit und duftet danach so herrlich. Allerdings habe ich mir so manches Mal die Haut meines inneren Oberschenkels geklemmt. Die Mühle lief nicht mehr so rund oder ich hatte einfach die falsche Technik" mutmaßte Gloria.

„Auf der einen Seite sammele ich alte Kaffeemühlen, aber ich veräußere sie auch" antwortete Klaas. Ich überprüfe und öle das Mahlwerk natürlich bei allen Maschinen. Eine einfache Mühle gibt es schon ab zwanzig Euro. Die schönsten haben ein Vielfaches an Wert."

„Die einfache reicht mir vollkommen. Erstens, erinnert sie mich an das Kindheitsmodell und zweitens, möchte ich einfach immer nur ein paar frische Bohnen mahlen, damit sich der Geruch des Kaffeepulvers in der Wohnung angenehm ausbreitet. Ich liebe das einfach." Sie schaute dabei Dildo erstmals tief in die Augen.

„Ich denke, wir können noch zwei Espressi zu uns nehmen, bevor Deine Freundin Steffi zurückkommt" orderte er eine weitere Runde und wendete den Blick ebenfalls nicht von ihr.

Klaas drehte sich schmunzelnd um und trat durch die Ladentür. „Wie schön" murmelte er und dachte dabei an seine Ehefrau. Im Stillen freute er sich schon auf den gemeinsamen Abend mit ihr.

Zwanzig Minuten später kam Steffi mit zwei Tüten in der Hand zurück. „Da ihr mich quasi mit Nichtbeachtung bestraft habt, musste ich mir meine Glücksmomente erkaufen" spielte sie die Betroffene. „Diese Hose zum Beispiel." Sie zog eine leichte, blumige Strandhose aus der einen Tüte.

„Die hat mich aus dem Schaufenster heraus einfach ange-
sprungen.." Sie rollte übertrieben unschuldig mit den Augen.
„Dazu passte dann hervorragend diese Bluse und vor allem
diese Jacke." Wieder griff Steffi in die Tasche und präsentierte beide Teile. „In dieses M.WOMAN muss ich unbedingt noch einmal rein. Ich brauche noch eine Jeans und mir
lief die Zeit weg. Ich wollte Euch nicht so lange warten
lassen. Abgesehen davon habe ich mir noch ein T-Shirt
zurücklegen lassen." Sie zuckte mit einem entwaffnenden
Lächeln ihre Schultern.

„Das zu dem Thema ‚ich schaue nur'. Jetzt ahnst Du vielleicht, wie intensiv Steffi ihre Bücher schreibt" wandte sich
Gloria an Dildo. Der grinste nur und zahlte die Espressi.

Auf dem Evershof nahm er den Appartementschlüssel von
einer der Töchter entgegen und zeigte ihnen ihre Unterkunft.
Beide zeigten sich entzückt, ob der geschmackvollen Behau-
sung. Damit hatten sie nicht gerechnet.

„Dies trifft genau meinen Stil" freute sich Steffi. „Ich liebe so
einen geschmackvollen Mix. Hier werde ich mich wohl-
fühlen. Vielleicht verlängern wir beide gleich noch um ein
paar Tage?" Sie warf Gloria einen schelmischen Blick zu,
die ein wenig errötete.

„Ich bin dann mal weg" verabschiedete Dildo sich höflich.
„Stina wird sich nach Feierabend bei Euch melden." Draußen haderte er mit sich. „Mann-o-Mann! Wieso lässt Du Dir
so eine Steilvorlage entgehen?" Er verstand sein Handeln
oder Nichthandeln nicht mehr. So steif hatte er sich schon
Jahr-zehnte nicht mehr verhalten. Gerade heute beschlich
ihn ein tiefes, selten gekanntes Gefühl. „Okay, die gute
Nachricht ist, Gloria ist erst vor ein paar Stunden angekommen und nicht abgereist. Eine nächste Chance sollte
sich noch ergeben. Hoffentlich stößt mein Gefühl auf
Resonanz" bangte er, aus für ihn noch unerklärlichen
Gründen. Mit innerer Unruhe fuhr Dildo vom Hof.

Im Wohnbereich der Lindenblüte gab es ein Gespräch mit

einem ähnlichen Tenor. „Oh Gott, wie peinlich habe ich mich benommen" stellte Gloria für sich fest. „Ich kenne den Typen doch gar nicht." Sie fuhr sich fahrig durch ihr rotblondes Haar. Wer genau hinsah, entdeckte sogar ein paar graue Haare, was Gloria hin und wieder fuchste. „Was mag Dildo von mir denken" fuhr es ihr unangenehm durch den Kopf. „Der muss ja denken, ich bekomme keinen geraden Satz heraus."

„Mit Ruhm hast Du Dich wirklich nicht bekleckert" kicherte ihre Freundin. „Verliebte Teenager verhalten sich so, meine Beste." Nach einer kurzen Pause fügte Steffi an: „Wie Du am eigenen Verhalten erfährst, geht es den Erwachsenen genau so." Sie lachte schallend, als sie Glorias perplexes Gesicht sah.

027

Amsterdam/Niederlande
Mo-15.Aug-2016

Es lagen noch einige Stunden Flug vor mir, bis die Maschine in Amsterdam landen würde. Aus der ursprünglich angesetzten Woche, waren insgesamt ganze achtzehn Tage geworden. Ich war mehr als froh, diesem korrupten Land Kwaheri, Good bye und Tschüß zu sagen. Im Moment hatte ich nicht vor, jemals wieder einen Fuß auf diesen Boden zu setzen. Zu viel Schatten breiteten sich vor mir aus.

Bei aller Kompliziertheit mit den Behörden hier in Kenia, gab es auch durchaus pragmatische Lösungen im Land. Sind erst einmal alle direkt und indirekt verstrickt Beteiligte finanziell abgefunden, ob offiziell oder inoffiziell, diverse abgestempelte Papiere in den Händen haltend, können die Angehörigen –was in Deutschland undenkbar ist- alles mit der Asche veranstalten. Man kann das ‚schwarze Pulver' gleich neben irgendeiner Straße oder an seinem Lieblingsstrand verbuddeln, verstreuen, etc.

Am Hotelstrand hatte ich einen älteren Einheimischen kennengelernt bzw. er schien einer von vielen die einen permanent außerhalb der Hotelanlage anquatschen und irgendwelche Trips oder unnützes Zeug verkaufen wollen. In der Regel schenkte ich den selbsternannten Rafikis, ‚Freunden', keinerlei Aufmerksamkeit, zumal sie sofort aufdringlich wurden, wenn man Interesse signalisierte. Dieser Einheimische war anders. Unverfänglich zeigte und erklärte er mir eines Morgens den Lebensraum Watt. Hier fiel das Riff nur auf einhundert Meter trocken. Die nächsten zweihundertfünfzig Meter waren wadentief, bevor es deutlich tiefer wurde. Dort konnte die handvoll Kiter, selbst bei Ebbe, unproblematisch ihrem Sport nachgehen.

Der Einfachheit halber stellte er sich mit dem Namen Margarine vor. Ein Freund von ihm hieß zum Beispiel Pro Sieben. „Unsere Namen sind teilweise viel zu lang und viel zu kompliziert. Das können sich die Deutschen besser merken" lachte er. Es zeigte sich, dass Margarine diesen Lebensraum bestens kannte. Neben allerlei Pflanzen und Kleingetier wusste er, wo sich hier bei Niedrigwasser einzelne Muränen versteckten. Er war früher, wie viele Einheimische dort, als Fischer unterwegs. Mittlerweile waren die Gewässer ziemlich überfischt und viele von ihnen hatten bereits den traditionellen Fischfang aufgeben müssen.

Margarine arbeitete inzwischen für einen deutschen Biologen, der sich vorwiegend mit dem Wasserschildkrötenschutz beschäftigte. Hier in der Nähe gab es einen Platz, wo er unter anderem versuchte, während der Ebbe, den Strand grob vom Plastikmüll zu säubern. Nicht nur dieser machte den seltenen Schildkröten zu schaffen. Die hier lebenden Warane wussten genau, wann die Wasserschildkröten zur

Eiablage kamen und buddelten gerne in der Dämmerung die Eier wieder aus. Ein Leckerli für die Überlebenden der Saurierzeit. Dazu kamen in der Nacht die Räuber in menschlicher Gestalt, die ebenso scharf auf die Eier waren, ob zum Verzehr oder Verkauf.

Um die Überlebenschance der Tiere zu erhöhen, bewachten Magarine und ein paar seiner Freunde die bekannten Eiablageplätze rund um die Uhr. Einfach haben es die kleinen Tiere nicht, denn wenn sie bis dahin überlebt haben, dann liegt vor ihnen immer noch der Weg bis ins Wasser. Hier warten wieder die Warane oder Fressfeinde aus der Luft. Selbst im Wasser gibt es noch genug Widrigkeiten, allerdings steigen ihre Chancen dort enorm. Wenn alles gut verläuft erreichen sie mit fünfundzwanzig Jahren ihre Geschlechtsreife. Bis zu einem biblisch anmutenden Alter von zweihundert Jahren können sie leben.

Mir gefiel die Art und Weise, wie er mir diesen Lebensraum näherbrachte. Ganz nebenbei erklärte Margarine mir die Vorzüge der hölzernen Segeltrimarane. Im Prinzip sind das ausgehöhlte Baumstämme mit zwei schmalen Auslegern. Alle Verbindungen sind nur mit Riemen aus einer Holzfaser befestigt. Wie der Zufall es so wollte, besaß sein Bruder einen solchen und er hätte auch für schlappe fünftausend Keniaschillinge Zeit zum Segeln. Da war wieder die kenianische Krankheit. In diesem Fall Seekrankheit. Alles kostete hier erst einmal einen durchschnittlichen Monatslohn.

Trotzdem war ich von der Idee angetan. Zum einem interessierten mich die Segeleigenschaften dieser einfachen, schon seit jahrhunderten bewährten Holzkonstruktionen. Zum anderen empfand ich die Idee einer Seebestattung sehr sympathisch. Ich wusste, dass Claus Bruder Werner, neben dem Land, den Strand und vor allem das Wasser liebte. Eine Seebestattung würde dem gerecht werden. Wir einigten uns schließlich auf zweitausend Keniaschillinge, was immer noch vor Ort einen Batzen Geld darstellte.

Einem Kenianer gibt man normalerweise keine Anzahlung.

Ich folgte meinem Gefühl und zahlte fünfhundert Kenia-schillinge an. Andere Hotelgäste lachten mich aus und rieten mir, einen Plan B vorzubereiten. „Sponsored by Muzungo" scherzten sie.

Dennoch stand Margarine am nächsten Tag, wie verabredet, um zehn Uhr am Strand. Ich freute mich, dass mein Gefühl in diesem Fall Recht behalten hatte. Da gerade Ebbe war mussten wir eine halbe Stunde in der sengenden Sonne am Strand entlang, über abgestorbene, spitze Korallen und schließlich durch wadentiefes, mit Seegras versetztes Wasser laufen, um das Segelboot zu erreichen.

Schnittig, aber ohne jeglichen Komfort, dümpelte der ehe-malige Baum im türkisfarbenen Wasser. Idyllisch. Der Sitz-platz war ein einfaches Brett. Die Ausstattung war erwartet karg, beziehungsweise, es gab einfach keinerlei Ausstattung. Windmesser, Logge, elektronische Seekarte oder zumindest Kompass sowie Funk: Fehlanzeige. Ich fragte mich, ob ich die richtige Eingebung hatte, als ich diese Form der Seebestattung wählte. Schließlich wollten wir gleich auf den unruhigen Indischen Ozean, der Werner und ich. Mit dem kleinen, aber entscheidenden Unterschied, dass der Werner schon tot war.

Der Skipper und sein Bootsmann begrüßten mich über-schwänglich und drehten den Daumen nach oben. „Karibu – Willkommen."

„Na denn" sprach ich mir Mut zu. Hakuna Matata. Kein Problem !"

Die ersten tausend Meter benutzten beide ein Paddel und wichen den ihnen bekannten Korallenbänken aus. Noch war das Wasser zu flach, um darüber hinweg zu gleiten. Danach setzen sie das grob gewebte Leinensegel. Der Trimaran glitt überraschend früh an. Bei jeder Wende balancierte der junge Bootsmann barfuss und geschickt über die filigranen Holz-ausleger. Kurioserweise hielten diese. In der Mündung des Mtwapa Creek sah ich weit mehr als fünfzig Menschen im hüfthohen Wasser stehen. Aus der Distanz sah dies wie das Paradies aus. Klares, türkisfarbenes Meerwasser. Sonnengebräunte Körper. Warme Temperaturen und Sonnenschein. Eine frische Brise von fünf Beaufort.

Beim Herannahen erkannte ich, dass alle zusammen ein riesiges Ringnetz einzogen. Teamwork. Eine knüppelharte Arbeit. Die Fische hatten dennoch keine Chance. Mit Händen und Füßen zogen und zerrten sie am ausgelegten, im Durchmesser sicher über einhundert Meter, gespannten Netz. Der Skipper erklärte, dass die Fischer in Landnähe immer weniger Fische fingen. Darum mussten sie immer weiter raus. Gefährlich weit. Die Fanggründe in Landnähe hatten sie mit der Ringfischerei komplett leer gefischt. Viele Riffe waren komplett überfischt. Das Ökosystem wurde nachhaltig gestört und es ist nur noch eine Frage der Zeit, wann diese Riffe absterben. Die Wenigen, die es sich leisten konnten, mit einem Boot draußen zu fischen, kämpften gegen die großen Fangflotten und natürlich die teilweise unberechenbare See. Sie wussten, dass sie nicht alle Fische an den Riffen fangen durften, um in Zukunft überhaupt noch Fische zu sehen. Sie wussten aber auch, wenn sie nicht genug Fische fingen, dann würden sie schlichtweg verhungern. Ein Teufelskreis, aus dem es ohne externe Hilfe kein Entrinnen gibt.

Wir ließen die Fischer einige hundert Meter hinter uns und erreichten einen schönen Platz, mit einem noch intakten Korallenriff. Mit einem kleinen Anker hielt der Skipper seine Position. Von hier aus konnte man in der Entfernung die Copacobana Bar gerade noch ausmachen. Das war einer der Lieblingsplätze des Verstorbenen Werner Bolt.

Langsam, andächtig und wohldosiert, streute ich die Asche in den Indischen Ozean. Dazwischen verteilte ich Rosenblätter und drei Fotografien von Werner auf dem Wasser. Auf einem Bild war er auf der Veranda der Copacobana Bar abgebildet und auf einem anderen saß Werner auf seiner heißgeliebten Maschine. Eine silberfarbene, achthundertfünfziger Suzuki. Optisch ähnlich einer Harley Davidson.

Ich empfand diese Seebestattung für ihn genau passend und insgesamt als sehr würdevoll. Nach den ganzen, teils entwürdigenden Schwierigkeiten in den letzten elf Tagen, war zumindest der Abschluss dieses Kapitels versöhnlich.

Die Sonne schien, die hohe Lufttemperatur wurde durch den Wind angenehm abgemildert und das türkisfarbene, warme Wasser glitzerte im Sonnenlicht. Genau dies hatte Werner so geliebt. In Gedanken hörte ich dabei Marc Anthonys Song ‚You sang to me', das Lieblingslied von Werner und die Selig Version ‚Knocking on heavens door'. Ergriffen hielt ich ein paar Minuten inne. Ein magischer Moment.
„Farewell Werner!"

„Möchten Sie Kaffee oder Tee zum Nachmittagssnack ?" fragte die Stewardess freundlich.

Ich erschrak leicht. Dreizehn Uhr dreißig. Noch knapp zwei Stunden bis zum Anflug auf Amsterdam. „Weder noch, aber ein Wasser mit Kohlensäure erscheint mir das Richtige" murmelte ich. In Gedanken rekapitulierte ich weiter die vergangenen knapp drei Wochen. Es war so viel Haarsträubendes passiert. Ich würde eine Weile brauchen, um das vollends zu verarbeiten, falls es mir überhaupt gelang. „Vielleicht sollte ich ein Buch darüber schreiben" waberte es durch meinen Hinterkopf.

Mit der Seebestattung hatten sich meine Probleme vor Ort nicht gleichzeitig mit der Asche aufgelöst. Die Wohnung musste aufgelöst und das Motorrad veräußert werden, dass ihm seine Ex gekauft hatte. Dafür blieben mir nur noch sechs Tage Zeit, denn der Rückflug war von mir nun fest eingeplant. In einem fremden Land ohne Netzwerk und in dem das durchschnittliche Monatseinkommen nur fünfzig Euro beträgt, gibt es nicht viele Menschen, die sich ein Motorrad für sechzig bis siebzig Monatsgehälter leisten können. Ich stellte das Bike auf eine Mombasa Verkaufsseite und klebte eine schwarzweiß Kopie, mit ein paar technischen Daten, in einen Schaukasten eines Einkaufzentrums in der Nähe von Mtwapa. Dort traf ich auch zufällig auf Jim, den Tauchlehrer.

Er erzählte mir nebenbei, dass sie hier in den Monaten Februar und März regelmäßig einer Quallenplage ausgesetzt sind. „Es gibt immer wieder verheerende Unfälle. Die unwissenden Badenden erleiden starke Verbrennungen und einige sterben sogar an dem Kontakt mit den Nesseltieren" berichtete er. „Die Gefährlichste ist zugleich die Kleinste. Die Würfelqualle. Die gehört für den Menschen zu den Lebewesen mit dem tödlichsten Gift."

„Zum Glück kommen die in unseren Breitengraden nicht vor" stellte ich erleichtert fest.

Nach drei Tagen meldeten sich tatsächlich zwei Interessenten, die jedoch beide einen unverschämten Preis boten. Dafür hätte ich das schöne Motorrad vorerst irgendwo in Kenia zwischengeparkt. Schon aus Prinzip. Der eine ‚potentielle' Käufer wusste irgendwie um meine begrenzte Verweildauer und hoffte wohl, dass die Zeit ihm zuspielte. Der andere erschien mir sehr unseriös und trat dazu unangenehm anmaßend auf. Die Hoffnung soll man bekanntlich nie aufgeben. Trotzdem zweifelte ich sechsunddreißig Stunden vor meinem geplanten Abflug an eine glatte Lösung.

Ich sollte angenehm enttäuscht werden. Ein Kenianer meldete sich unter der Handynummer von Werner und erzählte, dass er dieses Motorrad vom Sehen kennen würde. Es war schon immer sein Traum, dieses zu fahren. So ein Motorrad gab es kein zweites Mal in der näheren und weiteren Umgebung. Gesagt, getan. Wir verabredeten uns kurzfristig. Zum Termin kam ein sympathischer junger Mann mit Freund und Schwester. Die Abwicklung ging erfrischend unkompliziert über die Bühne. Er zahlte den Preis ohne zu verhandeln. Ihm war von Anfang an klar, dass der ausgeschriebene Preis überaus fair war. Nach der Schlüsselübergabe fuhr er mit dem Bike fröhlich winkend vom Hof.

Für mich warf es ein neues Problem auf. Wohin mit dem ganzen Papiergeld. Der größte Schein in Kenia ist eine Eintausend-Schillingnote. Dies entspricht in etwa einem Wert von zehn Euro. Die kleinen Wechselstuben und selbst die Banken konnten diese Summe nicht in Euro tauschen.

Wieder war mir das Glück hold, denn der Tauchlehrer kannte einige vor Ort lebende Europäer, die sich die Wechselgebühren sparen wollten und ihre Euros gerne in kenianische Schillinge wechselten. Eine win-win Situation für beide Seiten.

Keine win-win Situation war der Diebstahl meines iPhone. Auf einer Schulfeier der ABA Schule, in den Slums von Shanzu, in der Nähe von Mtwapa, wurde mir stumpf mein Handy geklaut in vermeintlich ,vertrauter' Umgebung. Schließlich hatte ich das komplette Schulfest und eine Menge Lernmittel für die fünfundzwanzig Schüler und fünf Mütter aus Eigenmitteln bezahlt und dann bestahl mich eine der Mütter. Ich hatte das Handy in einem Rucksack, in der kleinen Schule für zehn Minuten unbeaufsichtigt gelassen. Das reichte. Aufgeklärt wurde der Diebstahl nicht, obwohl die Lehrerin sehr bemüht war, den Vorfall zu klären und ich eine ,Belohnung' von 50 Euro aussetzte, wenn es anonym wieder auftauchte. Mir ging es schließlich um die Daten.

ABA steht für ,Anfang – Beginning – Anza' und ist ursprünglich ein Verein zur Erwachsenenbildung gewesen. Im Laufe der Jahre hat er sich zu einer Schule für sozial benachteiligte Kinder entwickelt. Der aufgehende Farn ist das Symbol dieser Einrichtung. Es herrscht zwar Schulpflicht in Kenia, wo meist ein Lehrer auf einhundert Schüler kommt und es wird kein Schulgeld erhoben, aber die Kosten für die Schuluniform sowie Lernmittel müssen selbst aufgebracht werden. Unmöglich für die Ärmsten der Armen. Unter anderem hatte Werner Bolt diesen Verein aktiv unterstützt.

Für mich stand Beginning nun für den Beginn einer längeren Phase ohne private Daten und Telefonnummern. Mein Backup konnte ich erst wieder in Deutschland machen. Shit happens ! Zum Glück besaß ich wenigstens noch Werners kenianisches Handy. Die ABA Schule ist sehr primitiv, ohne fließend Wasser und Strom ausgestattet. Das einfache, von Fliegen gut besuchte WC, wurde aus kleinen Eimern mit

Wasser gespült. Die Schüler der Klasse eins bis vier wurden meist gemeinsam in einem Klassenraum, von einer Lehrerin unterrichtet. Erstaunlich fand ich die Disziplin und den Lernwillen der jungen Schüler. Das Mittagessen, dass für die meisten Kinder der Antrieb des Schulbesuches ist, denn zuhause gibt es keine regelmäßigen Mahlzeiten, wird ebenfalls gemeinsam auf dem Boden sitzend und mit der Hand aus einer Plastikschale nehmend, anstelle Löffel und Gabel, eingenommen. Meistens gibt es Reis. Manchmal Kartoffeln und am Schulfesttag gab es Fleisch. Wenn überhaupt gibt es bei den meisten Kindern Fleisch nur zu Weihnachten. Als Nachtisch besorgte ich Saft und ein paar süße Leckereien. Aufgrund der seltenen Süßigkeiten besaßen fast alle Kinder gute Zähne.

Fußballbegeistert waren sie wie jedes andere Kind in Europa ebenfalls. Die beiden gestifteten Bälle - ein Highlight für die Schüler. Es braucht sehr wenig, um dort zu helfen. Da die Berufsausbildung meist kostenpflichtig ist, steht der armen Bevölkerung diese Option oft wiederum nicht offen, aber mit der Beschulung ist ein erster, ganz wichtiger Schritt in die richtige Richtung vollzogen. Ein ‚Anfang – Beginning – Anza'. ABA eben.

Unabhängig von dem Diebstahl, den ich erst später bemerkte und der einen bitteren Beigeschmack hinterließ, begeisterte das Schulfest alle Beteiligten.

Diese achtzehn Tage prägten mein Weltbild neu. Natürlich kannte ich viele Dritte Weltländer. Nur ist es etwas anderes, wenn der Besuch ohne Urlaubscharakter verläuft und die Behördenwillkür so offensichtlich wird. Ein sehr hässliches Gesicht, in diesem Fall Kenias. Genauso hässlich, wie die erneute Unterwerfung und quasi Versklavung der Menschen auf diesem Kontinent. Schlimm genug, dass sich die Eliten dieses Kontinents, alles was nach Profit aussah unter den Nagel riss. Ohne Rücksicht auf die eigenen Landsleute. Das sich aber die (meist) fetten Muzungos, die junge Einheimischen für kleinstes Geld als Sexsklaven hielten, nichts anderes ist es, ging gar nicht. Der Gipfel dieser perversen Auswüchse sind die Päderasten, welche hier ungestraft kleine Kinder schänden können – für lediglich fünfzig Bobs. Das entspricht in etwa fünfundvierzig Euro Cent !

„Was wohl der mittlerweile achtundachtzigjährige Schauspieler Hardy Krüger darüber denkt ?" überlegte ich. Krüger hat sich intensiv für Afrika engagiert. Mit John Wayne spielte er 1961 im berühmten Film ‚Hatari', im Arusha Nationalpark in Tansania. Bis Mitte der siebziger Jahre war er Teilhaber der Lodge aus dem Film. Nachdem ihn der Staat enteignete, ist er nie wieder dorthin zurückgekehrt. Er lebt jetzt abwechselnd im Sonnenstaat Kalifornien und Hamburg.

Auch wenn ich viele kaputte, junge Seelen wahrgenommen hatte, ich freute mich zumindest darüber, dass es die einheimischen Bewohner mittlerweile wenigstens verstanden, den Muzungos mehr Geld aus der Tasche zu ziehen. „I love you" oder „Miss you", schienen die Zauberwörter schlecht hin zu sein und auch ohne Schulbildung anwendbar. Sie ließen sich immer neue Geschichten einfallen, um mehr Geld aus ihren ‚Peinigern' rauszuholen. Sie waren alle mit Brüdern und Schwestern gesegnet, die laufend ‚Unfälle' erlitten und nur mit teuren, medizinischen Behandlungen gerettet werden konnten. Die Viagra benebelten Muzungos zahlten in der Regel, wenn sie die Liebesdienste der ‚Sklaven' weiter in Anspruch nehmen wollten. Sie glaubten dem „I love you". Jeder, der nur halbwegs bei Verstand war, wusste, dass eine junge Kenianerin nicht im Entferntesten Lust auf einen schwabbeligen, faltigen Rentner hatte, geschweige denn Liebe empfand. Die mit ihr in der gleichen Hütte wohnenden Brüder sind meistens deren Ehemänner. Hakuna Matata !

„Richten sie bitte Ihre Rücklehne wieder auf. Wir befinden uns bereits im Landeanflug auf Amsterdam" hörte ich die freundliche Stimme der Stewardess. In meinen Gedanken versunken hatte ich die Ansagen nicht bemerkt.

Der Weiterflug nach Hamburg erfolgte ohne größere Wartezeit, sodass ich kurz nach achtzehn Uhr, mit meinem

Gepäck, den Ausgang der Gepäckkontrolle passieren konnte.

„Bitte einmal zur Gepäcküberprüfung" forderte mich ein Zöllner mit Nachdruck auf. „Öffnen Sie einmal Ihren Koffer." Er machte dabei ein grimmiges Gesicht. Genervt über den unerwarteten Zeitverlust, öffnete ich mein Zahlenschloss vom Koffer. Behördenwillkür brauchte ich nun wirklich nicht mehr.

„Na, da werden wir einmal genau hinschauen müssen" hörte ich eine mir bekannte Stimme. Ich blickte auf und sah überrascht in Stinas grinsendes Gesicht. Mit einem nun mehr strahlenden Lächeln entschuldigte sie sich ein wenig. „Ich kenne hier ein paar Leute und konnte mir diesen Spaß nicht verkneifen. Das ist sozusagen die Strafe dafür, dass Du mich so lange alleine gelassen hast." Sie hockte über den Packtisch und nahm mich fest in den Arm. „Sie sind verhaftet und ich werde mich persönlich um Sie kümmern !" drohte sie gespielt.

Eine ungewohnt kleine Freudenträne lief über Stinas Wange.

Über meine auch.

028

Travemünde, Schleswig-Holstein
Di-16.Aug-2016

Morgens, um neun Uhr, sprang Stinas Bluetooth Musikanlage an. ‚Hulapalu', von Andreas Gabalier, erschallte aus dem UE Megaboom Lautsprecher. Unser Wintersong. Darauf folgte ‚Du machst mich süchtig nach Dir', von Michelle.

Mit der gute Laune Musik fiel es mir nicht schwer, zur Cappuccinomaschine zu schlurfen und einen schnellen Cappu zu fertigen. Mit dem Becher in der Hand bewegte ich mich vorbei an den beiden noch schlummernden Katzen ‚Zorro', ein Bengale und ‚Merlin', eine Straßenkatze vom Priwall, zur Dusche. Unter dem Waschbecken lag die dritte Katze, Leia, eine Maine-Coon oder sogenannte Waldkatze. Sie putzte sich gründlich.

Stina musste schon drei Stunden auf der Dienststelle sein. Ich hatte tief und fest geschlafen. Der lange Flug saß mir in den Knochen. Die Nacht war auch keine, beziehungsweise schliefen wir beide erst lange nach drei Uhr ein. Davor hatten wir uns ausgiebig geliebt. Richtig gierig waren wir aufeinander. Keiner konnte von dem anderen die Finger lassen. Wie Ertrinkende klammerten wir uns mal hart und mal zärtlich aneinander. Gesprochen wurde fast gar nicht. Der Mund und die Finger sprachen ihre eigene, stumme Sprache. Entspannt und völlig ermattet schliefen wir traumlos ein. Dabei nahmen wir unbewusst eine gemeinsame Löffelstellung ein. Ich hielt kurz inne und spürte dem intensiven Gefühl nach.

Gerade ging das Stück ‚Gleichberechtigung' von Ina Müller zu Ende und der Song ‚Paparazzi' begann, ebenfalls von ihr. Ich sang den Text leise mit. Mir war klar, dass sich dieses eingängige Lied in meinem Gehirn einnisten würde. Ein positiver Ohrwurm. Ich mochte es, morgens mit Musik in den Tag zu starten. Rasch zog ich mich an. In fünfzehn Minuten, um zehn Uhr, war ich mit dem XO und Dildo in dem Cayade Eiscafe zum Frühstück verabredet.

Die ‚Priwall VI', die neue Fähre an der Nordermole, nahm Kurs auf ihre Anlegestelle. Ein bisschen spät fand ich. Vielleicht hatte sie wieder technische Probleme. So richtig rund lief die Fähre noch nicht. Offensichtlich gab es noch ein paar Kinderkrankheiten.

Fünf Tische waren bereits auf der Terrasse besetzt. Vom XO und Dildo sah ich noch nichts. „Bitte die Bohne von gestern

Heute zweimal durch das Wasser ziehen" flachste ich bei der Cappuccinobestellung.

„Das kostet einen Euro extra" konterte Arman und nickte Güney, dem Auszubildenden, zu. „Wo warst Du denn so lange ?" erkundigte sich Arman. „Wir haben Dich schon vermisst. Dein Leben möchte ich haben." Eine Antwort bekam er nicht, da er sich schon um den nächsten Gast kümmern musste.

Der DHL Paketwagen rollte durch die Vorderreihe. Der Fahrer winkte mir freundlich zu. Auf der ,MS HANSE' registrierte ich schon Bewegungen. Die Crew machte das Schiff, täglich ab neun Uhr, für den laufenden Tag startklar. Gerade fuhr der Getränkelieferant mit seinem blauen LKW vor.

Eine blaue Finnlines Autofähre glitt in Richtung Ostsee vorbei. Die TT-Line war schon durch. Güney servierte den Cappuccino mit zwei Keksen. Neben dem Möwengeschrei nahm ich noch ein Geräusch war. Ein Kreischen, was hier nicht so herpasste. Raubvogelgeschrei.

Irritiert drehte ich mich um. „Habt Ihr hier einen Raubvogel im Käfig ?" erkundigte ich mich belustigt bei Arman und Güney. Schon wieder ertönte das Geschrei.

„Nö, das ist eine in der Kurgartenstrasse fest installierte Vergrämungsanlage mit künstlichem Raubvogelgeschrei. Die soll es auch in der Nordmeerstrasse geben." Güney hob verständnislos seine Schultern.

„Gegen das Möwengeschrei" schob Arman grinsend nach. „Das soll sie vertreiben."

„Wie bitte ?" fragte ich ungläubig nach. Im ersten Moment glaubte ich, die beiden veräppeln mich. Doch sie meinten es tatsächlich so. „Die Möwen lachen sich doch darüber kaputt und es werden nur die Anwohner genervt. Da kann man auch versuchen, den Ostseestrand mit dem Staubsauger zu saugen, damit nicht immer Sand zwischen den Zehen, beim

Baden hängenbleibt. Da ziehen diese Menschen wegen der tollen Atmosphäre ans Meer und beschweren sich dann, dass es hier zum Beispiel Möwen gibt. Am Ende schütten sie die Ostsee noch zu. Die Möwen gehören doch zwingend zum Ostseebild dazu ! Da frage ich mich jedenfalls, wer dann da wohl eher überflüssig ist ?"

„Oh Herr ! Lasse bitte Hirn regnen und davon eine ganz große Menge" erschallte Dildos Stimme, der das Gespräch beim Eintreffen mitbekommen hatte. „Hi York. Schön, dass Du wieder bei uns bist" begrüßte er mich herzlich. „Wie ich gehört habe, hast Du so eine Art Abenteuerurlaub am Äquator gemacht ?" grinste er.

„Ich bin froh wieder zurück zu sein ! Wir müssen uns täglich vor Augen halten, wie gut es uns geht und wie privilegiert wir sind. Wieso sind hier so viele Menschen nur so übel gelaunt und gierig auf Geld, Geld, Geld ? Wenn Du hier leben darfst und morgens aufwachst, spürst, dass Du atmest, dann hast Du schon gewonnen und es kann Dir nur ein Lächeln ins Gesicht zaubern."

Am Nebentisch saß eine schlecht gelaunte, offensichtlich mehrmals geliftete Frau, um die vierzig. Ihre Begleitung begab sich auf das WC und der kleine, hypernervöse Hund quiekte und winselte ihm hinterher. Erst maßregelte sie den Hund mit hysterischer Stimme, dann fauchte sie ihn an. „Papa ist gleich wieder zurück, Benni ! Benni ! Wenn ich das Papa erzähle, dann... Ah, da schau ! Papa kommt !""

Dildo drehte sich erst zu ihr, dann zu mir um. „Viel Ähnlichkeit hat Benni aber nicht mit seinem Papa" entfuhr es ihm trocken. Danach deutete er auf die Vorderreihe. „Schau mal. Der Typ mit Bart. Ist das nicht dieser Friseurmeister ?"

„Ja, das ist Siegfried Austel. Der hält immer noch drei Weltrekorde im Monowasserskilaufen. Unter anderem legte er die einhundertfünfzig Seemeilen von Travemünde nach Trelleborg unter sechs Stunden zurück. Tolle Leistung !"

Auf unserer Seite stand eine junge Mutter mit ihrem etwa drei Jahre alten Kind. Sie übte sich in Verkehrserziehung. „Schau erst nach links und dann nach rechts, ob die Straße frei ist !" ermahnte sie ihre Tochter. „Du weißt ja, wo links und wo rechts ist." Das Kind schaute nur nach unten in den Gully und marschierte los.

„Das klappt ja fantastisch" griente Dildo. „Heute Nacht ist übrigens bei mir jemand eingebrochen und hat nach Geld gesucht." Ich horchte interessiert auf. „Ich bin aufgestanden und hab mit ihm gesucht. Vergeblich !" Verschmitzt lachte er. „Aber mal ernsthaft. York, ich habe mich seit langem wieder einmal verliebt. In eine Freundin von Stina. In Gloria. Ich glaube, da geht was."

„Gloria ? Das pfeifen die Spatzen schon von den Dächern. Sogar von den kenianischen" erwiderte ich. „Sie ist eine tolle, aber sehr sensible Frau. Tue ihr bitte nicht weh. Du bekommst dann sicher auch Ärger mit Stina" gab ich ihm mit auf den Weg.

„Nee, das ist eine ganz besondere Seelenverwandtschaft. Mein Gefühl sagt mir, dass ich auf dem richtigen Weg bin !"

Zwei Segelfreunde, Holger und Michael aus dem Lübecker Yacht Club, gesellten sich zu uns. Schnell waren wir bei Segelgeschichten. Holger, als hartgesottener Seebär bekannt, erzählte, dass er auf einer Regatta ein riesengroßes ‚P' im Gesicht hatte. „Normalerweise sind wir mit der X-35, bei deutlich mehr als angesagten sechs Beaufort, nicht auf die Bahn gegangen. Unsere Yacht bestach bei Leicht- und Mittelwind. Für Starkwind ist sie nicht ausgelegt gewesen. Warum auch immer sind wir trotzdem gestartet. Die angesagten sechsundzwanzig Knoten Wind steigerten sich aber rasch auf fünfunddreißig und wir segelten unter Spinnaker. Die X war nicht mehr wirklich kontrollierbar. Mir ging vielleicht die ‚Düse'. Ich bin frontal in eine Welle und habe dabei den Vorschiffmann versenkt und die Jungs auf der Kante abgeworfen. Es hat mindestens zwanzig Minuten gedauert, bis wir wieder alle eingesammelt hatten."

„Da macht sich auch niemand eine Vorstellung, was der Wind für eine Kraft aufbauen kann. Von Land sieht das immer so easy aus" pflichtete Michael bei. „Bei einer Travemünder Woche hatten wir einen Tornadosegler aus Bayern zu Gast. Der kannte nur seinen Heimatsee. Mit seinem neuen Kat hat der draußen so einen auf die Mütze bekommen, der hat den Doppelrümpfer stumpf auf der Wiese abgestellt und ist gleich wieder ab in die Berge zum Wandern. Wir haben den nicht wieder gesehen" lachte er.

„Jup. In Travemünde geht sportlich, wie gesellschaftlich immer etwas ab" mischte sich der XO in das Gespräch ein, nach dem er sich erst still zu uns setzte. „Das drittälteste deutsche Seebad punktete schon immer mit besonderen Alleinstellungsmerkmalen. Der Boxer Max Schmeling erkannte diese besondere Atmosphäre bereits in den dreißiger Jahren und bereitete sich hier auf seine großen Kämpfe vor. Das Trainingscamp wurde auf dem Leuchtenfeld errichtet. In Travemünde gaben und geben sich, auch heute noch, die VIP's die Klinke in die Hand."

„Um so schlimmer, dass die Lübecker Politik dieses ‚Pfund' nicht erkennt und durch ihren Filz, ihrer Unfähig- sowie Kurzsichtigkeit vieles behindert oder unwiederbringlich zerstört" merkte ich an.

„Eine Schildbürgerposse ist doch auch die Verkehrsregelung am Gneversdorfer Radweg. Immer wieder haben dort Autofahrer die vorfahrtberechtigten Radfahrer an der Einmündung Mühlenstrasse übersehen und angefahren. Anstelle, dass sich die Verkehrsplaner die Autofahrer zur Brust nehmen, ist der ‚schwarze Peter' den Radfahrern zugeschoben worden. Sie müssen nun auf dem Radweg absteigen und ihr Fahrrad schieben. Tun sie dies nicht und es passiert etwas, sind sie automatisch die Schuldigen. Da wurde das Verursacherprinzip quasi auf den Kopf gestellt. Wenn man das weiterspinnt, dann müssen demnächst die Radfahrer im Lübecker Raum alle ihr Rad auf dem Radweg schieben. Wie bescheuert ist das denn ?" Der XO schüttelte mit Unverständnis den Kopf.

„Unwissenheit ist ein Zustand der korrigiert werden kann, aber Dummheit leider nicht" warf ich ein.

„Ich habe mich für Deine Mühen noch gar nicht bedankt, York. Ich weiß gar nicht, wie ich das jemals wieder gutmachen kann. Das hätte ich nicht durchgestanden" raunte mir der XO zu. „Das vergesse ich Dir nie ! Die Zeche geht schon mal auf meinen Deckel." Ehe ich antworten konnte, von meinen Albträumen, die mich seither heimsuchten, wollte ich ihm sowieso nicht berichten, winkte er Arman zu. „Bezahlen, bitte."

„Sie möchten sich finanziell verändern ?" fragte er.

„Und wie viel kostet das Gratiswochenende ?" hakte Dildo verschmitzt im Tonfall von Homer Simpson nach.

Es muss nicht immer alles einen Sinn ergeben. Es reicht oft schon, wenn es einfach Spaß macht !

029

Auf dem Revier der Wasserschutzpolizei in Travemünde gähnte Stina Wallison verhalten. Ihr Kollege Malte Scheel grinste nur schief, sagte aber nichts. Er wusste, dass York wieder im Lande war und dachte sich seinen Teil. Wallison wusste auch, dass sie einen ungewohnt übermüdeten Eindruck machte. Kein Wunder. Viel Schlaf hatte sie nicht bekommen. Das hinterließ Spuren. Ihr war das jedoch egal. Im Gegenteil, sie gestattete sich sogar einen flüchtigen Gedanken an die vergangene Nacht und lächelte in sich hinein. Was für eine intensive Erfahrung – mal wieder. Endlich. Die letzten achtzehn Tage kamen Stina wie eine kleine Ewigkeit vor. Sie war so dankbar, dass York vor ein paar Jahren in ihr Leben trat, obwohl sich der Anfang etwas holprig darstellte. Er zählte 2011, bei dem Fall ‚Der Passatmörder', zum Kreis der Verdächtigen. So schroff, wie sie ihm gegenüber aufgetreten war, wunderte es Stina in der Rückschau, dass sie nun schon über fünf Jahre ein Paar waren. Ein glückliches Paar. Der Startpart ging eindeutig an York. Seither hatte sich in ihrem Leben einiges verändert – zum Positiven. Neben ihrer Tochter Mareike und dem Beruf, in dem Wallison sich in einer Männerwelt durchsetzen musste, gab es etwas Neues. Etwas vollkommen Neues: LEBEN ! York zeigte ihr eine gänzlich neue Seite menschlicher Existenz. Sein Lebensmotto bestand aus einer Kombination zweier Sprüche. „Alle Menschen sterben, aber nicht alle Menschen leben" sowie „Ein Tag ohne Lächeln, ist ein vergeudeter Tag". Seine positive Lebenseinstellung übertrug sich von Tag zu Tag mehr auf sie – und das gefiel ihr ausnahmslos. Stina überkam ein wohliger Schauer. „Wenn...

„...Stina ?"

POK Stina Wallison schreckte auf. Malte stand vor ihrem Schreibtisch und hielt eine Notiz in seiner Hand. „Stina, ich habe hier einen Anruf von der Flüchtlingsunterkunft auf dem Priwall erhalten. Ein Hausmeister ist sich sicher, dass eine Frau die Armbanduhr der verstorbenen Frau am Handgelenk trägt.

„Dann schnappe Dir den Autoschlüssel vom Bulli und wir schauen uns das beide einmal an."

Innerhalb von zwanzig Minuten standen sie am Eingang der Unterkunft. Malte kannte sich hier schon aus und ging gleich zum Büro des Hausmeisters. Er führte uns gleich in den Gemeinschaftsraum, in der, wie Malte gleich erkannte, eine der Yogafrauen die Uhr der verstorbenen alten Dame am Handgelenk trug. Der neben ihr sitzende Mann verspannte sich augenblicklich. Malte stellte sich gleich so in Position, dass er sofort reagieren konnte, falls dieser eine

Kurzschlussreaktion zeigen sollte. Die Frau erklärte, dass sie die Uhr von ihrem neben ihr sitzenden Ehemann geschenkt bekommen habe – auf einmal in gutem Englisch.

Der Ehemann wollte gerade hochspringen, da hatte Malte ihn schon am Boden und im Polizeigriff. Das Anlegen der Handfesseln geschah schnell und routiniert. Dankbar nickte Stina ihm zu.

Das die achtundachtzigjährige Bewohnerin aus dem Rosenhof auf ihrem Spaziergang nicht ermordet wurde, das hatte die Rechtsmedizin schnell herausgefunden. Sie erlitt einen Hirnschlag und schlug mit dem Kopf auf die Straßenkante, was die Kopfwunde erklärte. Der Flüchtling war somit kein Mörder, so wie es eine große deutsche Boulevardzeitung voreilig meldete. Er befand sich in dem Augenblick nur zufällig in der Nähe und sah seine Chance, sich bequem zu bereichern. Er musste nun mit einer Anklage wegen unterlassener Hilfeleistung und Diebstahl rechnen. Das war ab jetzt der Lübecker Staatsanwaltschaft vorbehalten. Sie riefen einen Streifenwagen und übergaben den Mann zur weiteren erkennungsdienstlichen Behandlung.

Die Travemünder Aktuell hatte sich hier deutlich professioneller verhalten, als die besagte Boulevardzeitung. Die TA brachte grundsätzlich nur verifizierte Berichte und keine Sensationshascherei. Stina und Malte waren sich sicher, dass das Boulevardblatt keine Korrektur druckte. In den Köpfen der Leser blieb in diesem Fall der Flüchtling als Mörder. Das schürte Emotionen und verhalf den politisch Rechten zu weiterem Zulauf. Fatale, kostenlose Munition. Auch wenn nicht alles so lief, wie Wallison sich das wünschte, ihre Arbeit erleichterte das ganz sicher nicht. Nach dem Öffnen der Schranke, fuhren sie von der Autofähre ,Travemünde' über den Fährplatz.

„Stoppe den Wagen bitte kurz auf, Malte. Ich gebe uns ein Eis aus. Ein lekker Eis. Das haben wir uns verdient. Dort im Eisland Travemünde gibt es selbstgemachtes holländisches Speiseeis. Ich nehme drei Kugeln. Melone, Malaga und

Schoko. Was möchtest Du ?" Stina hatte schon die Wagentür geöffnet.

„Dreimal Walnuss, Frau Oberkommissarin" freute sich PM Malte Scheel über die unerwartete Erfrischung.

030

Ganz verliebt schaute Gloria in Dildos Augen. „Auf Dich habe ich mein Leben lang gewartet" hauchte sie ihm ins Ohr und ihre Hände glitten über seinen Rücken. „Ich hoffe, es macht Dir keine Angst, dass ich gerade so direkt bin. Mit Dir möchte ich meine Lust intensiv ausleben und dann auch noch ein gut gehütetes Geheimnis teilen" säuselte sie vielversprechend. „Niemand weiter weiß darum. Ich habe Dich auserwählt" lächelte Gloria ihn an. Ihre aufreizende Figur wurde durch das weiße Kleid mit schwarzen Punkten noch mehr betont.

Dildo nahm zärtlich Glorias Kopf zwischen seine Hände und fühlte sich geschmeichelt. Sie erwiderte seine Gefühle. Sein Herz hüpfte vor Freude. Leise lief im Hintergrund ,Surround me with your love' von Femme Schmidt. Ein Traum. Er gab ihr einen schmachtenden Kuss auf ihre Lippen. Vorsichtig strich er ihr eine rotblonde Strähne aus dem Gesicht. Ihr Küssen wurde fordernder und Dildos Hose fing an zu spannen. Mit zunehmender Spannung verringerte sich überproportional sein gesunder Menschenverstand.

Gloria drückte ihr Becken nun dichter an ihn heran und spürte seine Lust, was sie wieder weiter erregte. Ihre Finger tasteten sich über seine breite Brust hinab zum Gürtel. Mit einer Handfläche streichelte sie über die harte Ausbuchtung, kurz unterhalb der Gürtelschnalle. Dildo stöhnte wohlig auf.

Sie wusste offensichtlich, was sie wollte. Er auch.

Unterhalb des Kleides, löste er mit zwei Fingern Glorias BH. Ihm war, als stöhnten Ihre festen Brüste erleichtert auf, ob der Befreiung.

„Jetzt hast Du gar nicht meinen schönen neuen BH bewundert" begehrte Gloria neckend auf. Dabei knöpfte sie geschickt ihr weißes Kleid, mit den schwarzen Punkten, weiter auf und präsentierte ihm ihre prallen Brüste. „Gefällt Dir was Du siehst?" Auffordernd blickte sie Dildo an.

Der ließ sich nicht zweimal bitten. Er umfasste ihre Taille und leckte zärtlich die erregierten Brustwarzen. Jetzt stöhnte Gloria wohlig auf. In Sekundenschnelle hatten sie sich ihrer restlichen Kleidung entledigt. Dildo drückte Gloria auf das Bett nieder, öffnete ihre Schenkel und verwöhnte sie langsam und intensiv mit der Zunge. Sie wand sich unter seinen Berührungen.

Ihm gingen ein paar Zeilen von Erich Fried aus ‚Dich denken' durch den Kopf:

...und in Gedanken dann erst Dich sehen
und dann Dich denken und dann
wieder Dich lieben
und wieder Dich trinken und dann
Dich immer schöner und schöner
sehen
und dann...

„Oh ja. Komm" flehte Gloria. „Nimm mich!"

Dildo drang tief in sie ein. Sie hob ihr Becken weiter an und trieb ihn verbal weiter an. Zuckend stieß er zu. Immer wieder. Wie im Rausch.

Nach ein paar Minuten sanken beide schweißüberströmt auf dem Laken nieder. Matt strich er über ihre feuchte, glatte Haut und in Gedanken hörte er liebliche Glocken läuten.

Seine Augen blieben geschlossen. Er fühlte sich müde. Ausgelaugt. Ausgesaugt. Sein Stechen im Herzen strafte Dildo mit Ignoranz und ließ sich auch äußerlich nichts anmerken, obwohl der Schmerz nicht nachließ. Er schob es auf den mangelnden Schlaf der letzten Tage. Seine rechte Hand spürte weiter Glorias und seinen Schweißfilm. Ein metallischer Geruch mischte sich unter ihr betörendes Parfum. Verliebt öffnete Dildo seine Augen und bewunderte Glorias, wunderschönen, roten Brüste.

Blutrot.

„Blutrot ?" registrierte er erst irritiert, dann entsetzt. Abrupt sprang er auf. Zumindest versuchte Dildo es. Es blieb bei dem Versuch. Sprachlos und wie erstarrt, blickte er Gloria an. Blutüberströmt lag sie vor ihm.

Sie lachte hysterisch. „Nun, Du sollst noch mein Geheimnis erfahren" sprach sie seltsam verzerrt. „Das habe ich Dir doch versprochen. ICH HASSE MÄNNER ! Jedes Jahr, am 16.August räche ich mich an ihnen, für das, was sie MIR angetan haben. Meine beiden Vergewaltiger. Diesen Schweinen ! Sie wurden leider nie gefasst. Hat Dir das Stina nicht erzählt ?" fragte Gloria verwundert.

Dildo blickte an sich herunter und sah einen Stilettoschaft aus seiner Brust ragen. Seine vermeintlichen Herzschmerzen. Sein Lebenssaft pulsierte unaufhörlich aus ihm heraus.

Ungläubig schaute er ein letztes Mal Gloria an. „Eine Gottesanbeterin" waren Dino Hopfs letzte Gedanken, bevor sein Lebenslicht für immer erlosch.

„Das Geheimnis wird weiter ein Geheimnis bleiben" murmelte Gloria wie in Trance und holte ihre bewährten Chemikalien.

031

Währenddessen chillten Stina und York unbeschwert in der Ostsee Lounge am Strand und lauschten den leisen melodischen Rhytmen bei einem Glas Aperol. „Ist das schön. Einfach nur in den blauen Himmel schauen und den Gedanken freien Lauf lassen" schwelgte Stina. „Wenn mir nicht dauernd der ‚Qualle Fall', der ja angeblich keiner mehr sein soll, durch den Kopf geht, dann würde ich mich dazu hinreißen lassen, dass die Welt, zumindest hier im Augenblick, in Ordnung ist." Verliebt schaute sie York an.

„Darauf stoßen wir gleich einmal an" erwiderte ich und gab ihr einen Kuss auf ihre Lippen. „Heute habe ich auch alle meine Punkte abgehakt" erwiderte ich zufrieden. „Eigentlich erwarte ich nur noch Dildos Anruf. Der wollte mir schon vor einer Stunde Bescheid geben, ob er die beiden Helge Schneider Tickets, für den kommenden Freitag im Stadtpark Hamburg. haben möchte. Sein Handy ist nicht eingeschaltet. Es ist die ‚LASS KnACKEN OPPA' Tour. Ansonsten gebe ich sie dem XO. Für Deine Nonome ist das sicher noch nichts ?" hakte ich nach.

„Na hör mal, York. Auch wenn sie vielleicht schon wie fünfzehn aussieht, ist Mareike erst zwölf" erinnerte sie mich leise, aber nicht vorwurfsvoll. „Ich vermisse sie. Noch bis zum 01. September ist Mareike bei den Großeltern, dann enden eigentlich ihre Ferien, und ich bekomme dann ja Urlaub. Zum Glück war es kein Problem, Mareike für die ersten zwei Wochen von der Schule zu befreien. Darauf freue ich mich jetzt schon riesig !" Stina schlürfte genüsslich am Aperol. „Um Dildo mache Dir mal keine Sorgen. Der ist schon groß. Außerdem hat er neuerdings meine Freundin Gloria häufig an seiner Seite. Ein schönes Paar. Es ist schon seltsam. Ich habe noch nie mitbekommen, dass sie einen Mann an ihrer Seite hat. Da war sie immer komisch. Umso mehr freue ich mich für sie. Hauptsache Dildo sieht in ihr keine Eintagsfliege."

„Er hat mir anvertraut, dass er schwer verliebt ist und es sehr Ernst um ihn steht" beruhigte ich Stina.

„Das möchte ich auch schwer für ihn hoffen. Wenn er ihr weh tut, dann bekommt er es mit mir zu tun." Dabei klang ihre Stimme eine Oktave tiefer, dann seufzend: "Zwölf Jahre ist mein Baby jetzt schon. Wie die Zeit vergeht. Viel zu schnell." Stina kuschelte sich an mich. „An den Kindern merkst Du, wie die Zeit verfliegt. Gerade ist Nonome.., jetzt sage ich das auch schon." Sie blickte mich liebevoll an. „Gerade ist Mareike aus dem Kinderwagen raus und kann die ersten Schritte alleine laufen, da ist sie schon zwölf. Was kommt als nächstes ? Es dauert nicht mehr lange, dann wird sie ihren Führerschein machen und endgültig Flügge werden" sagte sie wehmütig. Hoffentlich lässt Mareike sich dann noch in den Arm nehmen. Ich liebe sie so und weiß, dass ich irgendwann loslassen muss." Eine kleine Träne quetschte sich wieder mal aus Stinas linkem Auge. „Entschuldige meine melancholische Anwandlung. Manchmal fühlt es sich schwer an, erwachsen zu sein. Immer dieses Bestehen, Entscheiden, Benehmen. Dann möchte ich am liebsten einfach nur ein Eis essen und schaukeln gehen."

Ich legte still den Arm um sie. „Ist Dein Rechtsmediziner, dieser Roche, wieder im Institut ?" neckte ich Stina.

„Kevin Roche ist nicht ‚mein' Rechtsmediziner. Ich kann nichts dafür, wenn er heimlich in mich verliebt ist. Fachlich ist er jedoch überdurchschnittlich. Heute hat er wieder seine Arbeit aufgenommen."

„Ihr seid doch immer noch am Rätseln, an was Almut Mertens, die Schwester der Qualle, letztendlich verstorben ist. Ich stimme mit Dir überein, dass in diesem Fall zu viele Zufälle zusammenkommen. Nach dem was Du mir bereits am Telefon erzählt hast bin ich auf die Idee gekommen, ob es möglich ist, dass der Tod durch eine Würfelqualle verursacht worden ist. Du weißt, der Bruder vom XO ist an Herztod durch einen Kontakt mit einer Würfelqualle gestorben. Natürlich ist mir bekannt, dass es in unseren Gewässern keine Würfelquallen gibt, aber ist es dennoch denkbar, das Gift trotzdem zu verabreichen ?"

„Ich kenne mich damit nicht aus" gab Stina zu bedenken. „Kevin soll das dahingehend einmal überprüfen. Vielleicht ist die eingeschickte Gewebeprobe schon analysiert. Seine Möglichkeiten bei uns waren jedenfalls erschöpft. Dies ist zur Zeit meine einzige Hoffnung in diesem Fall. Entschuldige, ich werde diese Information eben rasch an Hans weiterreichen. Der soll sich darum gleich kümmern."

In der Zwischenzeit bestellte ich noch einen Aperol für uns beide. Dildo hatte sich immer noch nicht gemeldet.

032

Frisch geduscht und perfekt hergerichtet begab sich Gloria auf den Weg in die Vorderreihe. Nichts deutete darauf hin, dass sie noch vor knapp einer Stunde vollkommen durchgeschwitzt war. Die körperliche Anstrengung hatte sie ebenfalls abgeduscht und nun sah sie betörend, anmutig wie ein Engel aus. Einige Männer drehten sich bewundernd nach ihr um. Selbst einige Frauen warfen ihr verstohlen einen neidvollen Blick hinterher.

Sie durchsuchte kurz ihre Handtasche nach ihrem Handspiegel, um ihr Aussehen ein letztes Mal zu überprüfen. Schließlich wollte sie nichts übersehen haben. Sie wunderte sich wieder einmal, was alles in die Handtasche passte. Neben Handy, Portemonnaie, diverse Schminkutensilien und Asperin, befanden sich noch Dinge in der Tasche, über die Männer nur den Kopf schütteln würden. Quasi Glorias halbes Leben, aber eben nur das halbe. Alles saß.

Sie atmete tief durch und klingelte.

Nichts. Sie klingelte noch einmal. Wieder nichts. Sie wartete etwa fünfzehn Sekunden. Nach dem dritten Klingeln wandte Gloria sich enttäuscht zum Gehen, als der Türsummer erklang. Sie strich das schwarzweiß gepunktete Kleid glatt und trat in den Hausflur. Die drei kleinen Treppen überwand sie mühelos. Obwohl sie gut trainiert war, erhöhte sich Glorias Puls um einige Schläge. Die Tür öffnete sich langsam und im Türrahmen stand ein total verschlafener Dino Hopf.

Überrascht oder beinahe entsetzt schaute er Gloria an, wie sie da in ihrem schwarz gepunkteten, weißen Kleid vor ihm stand und ihn anstrahlte. Ein Blick auf die Uhr zeigte ihm, dass er komplett verschlafen hatte. Nur ein Viertelstündchen lang wollte er ein wenig Augenpflege betreiben. Daraus wurden glatte zwei Stunden. Verlegenheit machte sich in ihm breit, als er realisierte, wie zerknittert und ungeduscht er auf sie wirken musste.

„Du siehst mich so erschrocken an, als wenn Du gerade einen Geist siehst" lachte Gloria.

„Entschuldige, ich muss meinen Kreislauf hochfahren. Das kommt davon, wenn man sich keinen Wecker stellt. Du siehst entzückend aus" krächzte Dildo heiser. Dass er gerade in seinem Traum von ihr ermordet wurde, erwähnte er lieber nicht. „Ich nehme schnell eine kalte Dusche und in zehn Minuten geht es los. Bereite Dir doch gerne einen Espresso, wenn Du magst. Du findest alles gleich unter dem Fernseher."

„Ja gerne. Dann hätte ich auch noch fünfzehn Minuten länger machen können. Ich habe noch ein intensives Lauftraining absolviert. Mein Basic mache ich normalerweise täglich, gleich nach dem Aufstehen. Die letzten Tage habe ich a bissl geschludert" schwatzte Gloria munter drauf los.

Im Turbogang schaffte es Dildo sich in knapp zehn Minuten herzurichten. Mit seinem Wagen fuhren sie in flottem Tempo nach Hamburg, in das Schanzenviertel. Dort hatte er einen kleinen Tisch in einem hervorragenden, portugiesischen Fischrestaurant bestellt. Seit dem perfiden Tod seiner letzten Freundin, der Chinesin Cui, vor einem Jahr, war Dildo erstmalig wieder verliebt. Es war jetzt schon ihr drittes Date.

Das Restaurant war bis auf ihren Tisch komplett gefüllt. Am Eingang warteten fünf, sechs Pärchen geduldig auf einen Platz im Restaurant. Der reservierte Tisch stand wunderbar inmitten des kleinen Restaurants. Bis auf den Nachbartisch schienen sich alle Gäste wohlzufühlen. Nebenan bekamen sie mit, dass in diesem Fall die Frau arg gestresst war. Sie zickte Ihre Begleitung ein paar Male an. Dieser musste sich mehrfach am Tisch umsetzen bis alles passte. Gloria und Dildo grinsten sich vielsagend an und kümmerten sich nicht weiter darum. Sie waren sich überwiegend genug.

Da beide gerne Fisch und Meeresfrüchte mochten, orderten sie Zarzuela, eine erlesen Auswahl verschiedener Fischsorten und Meeresfrüchte, die mit Tomaten, Paprika, Zwiebeln und Knoblauch angebraten und dann mit einem Schuss Wein gegart werden. Der Name lehnt sich an das Bühnengenre Zarzuela an, um zu verdeutlichen, dass es sich bei dieser Delikatesse um etwas Feierliches, ganz Besonderes handelt.

Für Gloria und Dildo war der Abend sowieso etwas ganz Besonderes. So passte das Essen ausgezeichnet zu dem Anlass. Sie hatten etwas Wichtiges zu besprechen. Etwas Großes. Entsprechend groß war auch die Pfanne. Sie besaß einen Durchmesser von fünfundfünfzig Zentimeter und war unter anderem gefüllt mit Seeteufel, Kalamare, Garnelen, Langusten, einem Taschenkrebs, zwei ½ Hummer, diversen Muscheln und Schnecken.

„Gigantisch" entfuhr es Gloria begeistert.

„Ursprünglich wollte ich mit Dir nach Lübeck in die Hüxstraße oder wie bei einigen Herren auch ‚Höchststrafe' genannt, weil es dort so viele tolle, individuelle Shops gibt und die Kreditkarte schnell glüht. Mit der Fleischhauerstraße ist das meine Lieblingseinkaufsmeile. Das läuft uns jedoch nicht weg und dort können wir immer schnell von Travemünde aus hin." Dildo nahm geschickt die beigefügte Zange und brach die vorgeknackten Scheren des Taschenkrebses. Mit einem Spezialhaken pulte er das schmackhafte Fleisch aus der Schere.

Gloria hatte ihm fasziniert zugeschaut und traute sich erstmalig in ihrem Leben an einen Hummer. Beherzt setzte sie die Zange an und knackte eine große Schere.

Es gab ein leises, zischendes Geräusch. Erschrocken blickte Gloria Dildo an. Der schien nichts bemerkt zu haben. Dennoch war es passiert, wie sie entsetzt mit einem verstohlenen Seitenblick feststellte. „Psst." Gloria versuchte die Aufmerksamkeit von Dildo zu erhaschen, der mit einer Languste kämpfte.

„Psst" versuchte sie es noch einmal.

Dildo blickte zu ihr auf. „Ja ?"

Ihr Gesicht wies eine aufsteigende Röte auf, die selbst im gemütlichen Licht des Restaurants zu erkennen war. Gloria rollte mit den Augen und versuchte durch vorsichtiges Nicken seine Aufmerksamkeit auf den Nebentisch zu lenken. Zweimal. Dann sah er es.

Dildo musste sich vor Glucksen fast verschlucken. Auf dem weißen Hemd der Begleitung am Nebentisch, breitete sich an der Rückenpartie, da wo das Herz sitzt, ein zwei Euro Stück großer, dunkler Fleck, mit größer werdender Tendenz aus. Wie gebannt starrte Gloria auf den Fleck, immer in der Furcht, dass sich der Mann oder besser noch seine ohnehin gestresste Begleitung, gleich umdreht und eine Riesenszene abzieht. Im Halbdunkel ähnelte der Fleck sogar einem Einschuss. Da der Mann aber nicht vom Stuhl sackte und sein Hemd vorher Blütenweiß strahlte, musste es sich um eine harmlose Flüssigkeit handeln. Aufgrund des Aufprall-winkels, gab es keinen Zweifel. Gloria hatte ihn quasi abge-schossen. Zu ihrem Glück bemerkte keiner der beiden diesen Fauxpas. Lediglich am gegenüberliegenden Tisch schien es so, als wenn es dort bemerkt worden war. Zumindest blick-ten sie häufig herüber und amüsierten sich. Ihr Hauptthema wurde durch diesen ,Spritzer' in den Hintergrund gerückt. Es störte keinen der Beiden.

Gloria und Dildo malten sich auf dem ganzen Rückweg nach Travemünde aus, was noch alles hätte passieren können. Ihre witzigste Szenerie war, dass sich eine Schere an das Hemd oder den Rücken des Mannes klammert. „Herrlich" quietschte Gloria vor Vergnügen. „Ich habe schon lange nicht mehr so über ein Missgeschick gelacht."

„Das muss man erst einmal so hinbekommen" gluckste Dildo. „Was stellen wir jetzt noch an ?" fragte er unbe-kümmert. „Du wolltest..."

„Lasse Dich doch bitte überraschen. Ein wenig musst Du Dich noch Gedulden. Ich lüfte mein kleines Geheimnis früh genug." Dabei rückte sie ihr Dekolletè in Form.

Dildo wurde etwas blasser. Im dunklen Wagen konnte Gloria dies nicht sehen. Dildo auch nicht, aber er spürte das. Sein Albtraum fiel ihm kurz ein. Rasch durchbrach er die kurzzeitige Stille. „Da bin ich gespannt wie ein Flitzebogen" scherzte er leicht verunsichert.

Nachdem sie den Wagen auf dem Leuchtenfeldparkplatz ab-gestellt hatten, schlenderten sie Hand in Hand in Richtung Promenadenstrand. Wie bestellt funkelten kitschig roman-tisch die Sterne. „Es gibt Dinge im Leben, die kann man nicht bestellen. Die fügen sich" dachte Gloria glücklich. „Gleich haben wir es geschafft" sagte sie laut. Sie steuerte direkt auf die Ostsee Lounge am Strand zu. Es musste noch geöffnet sein, denn leise Musik war zu hören.

„Da seit Ihr ja endlich" begrüßte sie der Barkeeper. „Ich

dachte schon, Ihr kommt doch nicht mehr vorbei." Es machte ein kurzes, trockenes Plopp. Wie aus Zauberhand präsentierte der Barkeeper zwei bauchige Rotweingläser und schenkte beide halbvoll mit einem ‚Ursprung'.

Dildo schaute nur verdutzt zu Gloria, die ihn mit einem strahlendem Lächeln bedachte. „Salute" prostete sie ihm zu und küsste ihn zärtlich auf den Mund. Als wenn sie Dildos Gedanken erriet, fügte Gloria geheimnisvoll an: „Cocktails mag ich auch gerne, aber wir sind noch nicht am Programmende."

Normalerweise liebte Dildo Überraschungen, allerdings ein wenig mulmig war ihm schon. „Konzentriere Dich auf dieses Romantikevent" ermahnte er sich. „Es wird schon alles gut gehen !" Deshalb nickte er beinahe hilflos.

Gloria war gerührt, ob seiner offensichtlichen Schüchternheit. Dies hatte sie nicht erwartet. Um so mehr freute sie sich auf die eigentliche Überraschung. Mit einer weiteren Flasche Rotwein bewaffnet ging es weiter am Strand entlang. Die kleinen Wellen rollten flach auf dem Strand aus. „Hier gehen wir mal links." Es ging auf Vollmond zu, so konnte Gloria sich gut zwischen den Strandkörben zurechtfinden.

Vor einem großen, grauen und länglichen Kasten blieb sie stehen. Der Kasten besaß Bullaugen und war hundertdreißig Zentimeter breit. „Voilà - Ziel erreicht" flüsterte Gloria und machte eine einladende Bewegung.

„Der Schlafstrandkorb" staunte Dildo nicht schlecht. „Wie hast Du das denn organisiert ? Der ist doch auf Wochen ausgebucht. Da bin ich aber baff !" Das meinte er im Ernst denn die Strandkorbvermieterin Charlotte Seipel, hatte mit diesem Unikat einen Glücksgriff präsentiert. Für nur neununddreißig Euro lag man bequem und geschützt direkt am Strand, konnte in den Sternenhimmel schauen und es sich zu zweit gutgehen lassen. Selbst ein Frühstück wurde einem am Morgen gereicht. „Diese Überraschung ist Dir gelungen" freute er sich. „Mit dem Gedanken habe ich auch schon

einmal gespielt, aber es hieß immer, für zweitausend-
sechzehn ist alles ausgebucht. Da musst Du ganz besondere
Beziehungen gehabt haben."

„Es ist nicht viel, was mir unbedingt wichtig ist, aber was ich
mir in den Kopf setze, das bekomme ich in der Regel auch"
lächelte Gloria ihn liebevoll an. „Du gehörst im übrigen dazu" murmelte sie leise, so dass Dildo es kaum noch verstand.
„Nur das Du Dich freiwillig entscheiden musst" dachte sie.

Gloria hatte einfach an alles gedacht. ‚Chillout Obsession'
von DJ Shah ertönte flüsternd aus einem kleinen mobilen
Bluetooth Lautsprecher. Sie prosteten sich zu und
beobachteten ergriffen die Vergangenheit, Gegenwart und
Zukunft - das Himmelszelt.

Sie hielten sich eine Weile still an den Händen. Vorsichtig
ergriff Gloria die Initiative und küsste ihn. Zuerst verhalten
und dann wurden ihre Küsse fordernder.

„Sind Schmetterlinge eigentlich fliegende Blütenblätter ?"

„Ein schöner Vergleich" antwortete Gloria wohlig und fum-
melte vorsichtig an seiner Hose. Ermuntert ließ Dildo seine
Finger unter das Kleid wandern, berührte zärtlich ihre Brüste
und arbeitete sich zu dem hakeligen Verschluss ihres BH
vor. Währenddessen spielte gerade ‚Surround me with your
love' von Femme Schmidt. „Schade, dass Du meinen neuen
BH im Dunkeln nicht sehen kannst" hauchte sie.

Dildo hielt kurz inne. Ein Déjàvu ? Er kniff sich vorsichts-
halber. Kurz darauf schnappte der Verschluss auf und...

Travemünde, Schleswig-Holstein
Mi-17.Aug-2016

In der Rechtsmedizin in Lübeck begrüßte Wallison den erst
sechsunddreißigjährigen Rechtsmediziner Dr. Kevin Roche.
Seit sechs Jahren war er bereits am Institut und hatte sich
mittlerweile einen guten Namen gemacht. Er galt als Exper-
te für Waffen und im Bestimmen für genaue Todeszeit-
punkte. Anfänglich war die Einrichtung vollkommen unter-
besetzt und karg ausgestattet. Eine italienische Stiftung
unterstützte seit Jahren diese Abteilung, sodass dem talen-
tierten Roche ganz neue Möglichkeiten der Fortbildung
eröffnet wurden. Allein aus staatlich finanzierten Mitteln
wäre ihm dieser Weg versperrt geblieben.

Da er gleich auf sein Fachgebiet zu sprechen kam, stotterte
Roche auch nicht. Dies passierte ihm gegenüber Wallison ja
nur, wenn das Thema einen scheinbar privaten Charakter
bekam. „Der Gedanke von York ist interessant. Ich habe
zwischenzeitlich eine ähnliche Idee gehabt und sie vorerst
zurückgestellt, da ich sie als doch zu abwegig empfand. Die
unscheinbare Irukandi, versteckt sich gerne unter der
harmlosen Ohrenqualle und ist im Allgemeinen als Würfelqualle bekannt. Normalerweise finden wir sie im Indischen
Ozean und im Pazifik. Ihr Gift gehört zu den stärksten im
ganzen Tierreich. Ein einziges Exemplar könnte über
hundert Menschen töten. Ihre bis zu sechzig Fangarme
werden bis zu drei Meter lang. Bei Berührung schießt ein
Gift aus den Nesselzellen heraus und dringt direkt in die
Haut ein. Die Opfer erleiden extrem schmerzhafte Ver-
ätzungen, Muskelkrämpfe, Lähmungen und schlimmsten-
falls den Tod. Grundsätzlich sind ihre Nahrungsziele keine
Menschen, sondern kleine Fische, Krustentiere und
Plankton. Durch die Klimaerwärmung wird sie mittlerweile,
allerdings eher selten, auch schon eingeschleppt. Sie versteckt sich, wie erwähnt, gerne unter der harmlosen Ohren-

qualle. Dennoch halte ich es für höchst unwahrscheinlich, dass sie sich in die doch recht kalte Ostsee verirrt." Kevin Roche holte Atem. Langes Reden war er nicht gewohnt. Er hüstelte mit vorgehaltener Hand. „Die Symptome stimmen allerdings überein und diese Theorie würde eine Menge offene Fragen erklären. Eine Würfelqualle in einer Salzwasser gefüllten Box transportiert und dann damit einem Menschen kontaminieren, dürfte nicht so schwer fallen. Vor allem, wenn sich die beiden Menschen kennen. Ein perfekter Mord. Du musst jedoch zumindest den Zusammenhang zwischen Person und Besitz der Würfelqualle herstellen. Da musst Du sicher mal in dunklen Kanälen graben oder graben lassen." Roche grinste unsicher.

„Ich denke, Du hast den Nagel auf den Kopf getroffen. Es wird nicht einfach, meinen Verdächtigen mit der Würfelqualle in Verbindung zu bringen." Stina Wallison wandte sich zum Gehen.

„Danke Kevin !" An der Tür drehte sie sich kurz um. „Auf einen Versuch lasse ich es auf jeden Fall ankommen."

034

In der Kurgartenstrasse, in Höhe der ehemaligen Post an der Möwengasse, entdeckte HK Cink den SUV von Armin Stich. „AS 666" schoss es ihm durch den Kopf. Gerade hatte er von Wallison die neueste Info über die Würfelqualle gehört. Obwohl Cink für die Einstellung des Falles votiert hatte, regte sich in ihm ein kleiner Funke. Die Vorstellung, dass er den vermeintlichen Täter überführen konnte und sich somit auf Dauer den Respekt gegenüber seinen neuen Arbeitskollegen verschaffte, euphorisierte ihn. Er stoppte seinen Wagen, stellte diesen zwei Autos weiter und stieg aus. Eine Vorladung hatte Wallison noch nicht erwirkt, aber sie war dran. In den nächsten zwei Stunden sollte diese vorliegen.

In diesem Moment tauchte Stich aus der Möwengasse auf. In der rechten Hand balancierte er einen Tortenkarton vom Cafe Niederegger. Gut gelaunt öffnete er mit der Fernbedienung den Wagen und verstaute den Karton auf dem Beifahrersitz. Danach nahm er einen grünen Beutel aus dem Kofferraum an sich und schlenderte die Kurgartenstrasse weiter, in Richtung Lotsenberg. Den Hauptkommissar Cink nahm Stich gar nicht wahr.

Der Kommissar fasste einen Entschluss und ließ Stich einen Vorsprung von fünfundzwanzig Metern. Die Straße war unbelebt und durchgängig überschaubar. Anhand seiner roten Jacke hätte Cink ihn auch in einer vollen Strasse nicht aus den Augen verloren. Cink überlegte, während der Beschattung, wie er als nächstes Vorgehen wollte. Die Kollegen informieren kam für ihn nicht in Frage. Noch nicht. Dies wollte er vorerst alleine durchziehen.

Für einen Moment verlor er seine Konzentration und Stich aus den Augen. Im nächsten Moment war Stich verschwunden. Ungläubig starrte er auf den Punkt, wo er ihn das letzte Mal gesehen hatte. Die Schritte des Kommissars beschleunigten sich automatisch. Sein Puls erhöhte sich merklich.

Als er an dem Punkt kam, wo sein Zielobjekt aus seinem Blickwinkel verschwand, entdeckte er, etwas zurückliegend, einen Laden. Brecht's Schnellreinigung. Da musste er hineingegangen sein. Einer Eingebung folgend betrat auch er den Laden.

Stich stand mit dem Rücken zum Eingang und befand sich im Gespräch mit der Mitarbeiterin. „Diese Jacke behandeln Sie bitte äußerst schonend und achten Sie darauf, dass nur Mitarbeiter mit desinfizierten Händen die Arbeiten ausführen" erklärte er ihr. „Auf keinen Fall..."

„...erklären Sie mir meinen Job !" entgegnete die Frau. „Ich arbeite hier schon seit Jahrzehnten und noch niemals hat jemand versucht, mir meine Arbeit zu erklären. Damit fange ich in diesem Leben auch nicht mehr an" schnaubte sie.

Er beäugte einen schweren Tesafilm Abroller. „Nun machen Sie schon" erklärte er versöhnlicher. „Ich habe keine Zeit."

Die Mitarbeiterin durchsuchte trotzdem routiniert die drei Jackentaschen und wurde fündig. „Brauchen Sie noch diesen Zettel aus der tropischen Zoohandlung ?"

Bei Cink, der bisher unbemerkt und unbeteiligt hinter Stich stand, läuteten die Alarmglocken. „Darf ich einmal sehen" mischte er sich plötzlich ein und griff nach dem Zettel. „Das ist ja intressa..." Weiter kam er nicht.

Stich wirbelte sofort herum und rammte dem Kommissar den schweren Tesafilm Abroller an die Stirn. So hart, dass dieser sofort bewusstlos in sich zusammensackte. Die Mitarbeiterin schrie auf und versuchte nach hinten zu fliehen. In wenigen Schritten hatte er sie eingeholt. Brutal schlug er sie ebenfalls nieder und schloss sie in das kleine WC ein. „Um Dich kümmere ich mich später" fluchte Stich. Sein sorgfältig, bisher stets kontrolliertes Leben, geriet innerhalb weniger Sekunden aus den Fugen. Improvisation war nicht seine Stärke. Er atmete mehrmals tief durch, um seine aufkommende Panik in den Griff zu bekommen.

Vorne im Laden drehte er das Wendeschild auf ‚Geschlossen'. Mit dem von innen steckenden Schlüssel sperrte er die Tür zu. Armin Stich sah sich in der Reinigung um. Sein Blick fiel auf die große Waschtrommel. Rasch hob er den bewusstlosen, schmächtigen Hauptkommissar hoch und stopfte ihn in die Trommel. Die Tür schloss sich mit einem satten Klick. Den Waschmittelschacht schüttete er voll mit Waschpulver. Den Waschgang stellte Stich auf fünfundneunzig Grad. Start.

„Ich werde mich reinwaschen" rief er wirr. „Ich werde mich

rein waschen" wiederholte er mehrmals, wie ein Mantra und hörte wie der Waschgang startete.

Wie gebannt schaute er auf die sich drehende Trommel. Er nahm wahr, dass Kommissar Cink ihn aus der Maschine anblickte. Die Augen voller Entsetzen aufgerissen und nach Luft schnappend. Der Kopf drehte sich in der Trommel. Die panischen Bewegungen wurden mit dem zunehmenden Schaum weniger. Bis sie ganz aufhörten und er nur noch Schaumbläschen sehen konnte. Kommissar Cink ertrank hilflos in der Waschmaschine.

Ein polterndes Geräusch holte Armin Stich wieder in die Realität zurück. Die Mitarbeiterin. „Sie wird Dich identifizieren" schoss es durch seinen Kopf. Für ihn machte eine Leiche mehr oder weniger keinen Unterschied mehr. Im Gegenteil. Zeugen durfte es keine geben, wenn er seine Tage weiter genießen wollte. Er schloss die WC Tür auf und drückte die Klinke nieder. Es blieb beim Versuch. Die Klinke bewegte sich kein Stück. Die Frau musste irgendetwas unter den Griff gesteckt haben, sodass sich die Tür nicht öffnen ließ. Frustriert hämmerte er gegen die schwere Tür.

„Hilfe" hörte er sie schreien. „Hilfe, der Mann will mich umbringen ! Schicken Sie einen Streifenwagen in die Kurgartenstrasse in Travemünde bei..."

Das Blut rauschte in Armin Stichs Ohren. Die Frau telefonierte tatsächlich mit der Polizei. Eine Katastrophe. Hier lief jetzt alles aus dem Ruder. Sein Jähzorn gewann die Oberhand und ließ ihn blindwütig auf die Tür einhämmern.

Erfolglos.

Die Tür gab nicht nach. Diese alte Tür war noch Qualitätsarbeit und keine Billigware aus einem heutigen Baumarkt. In diesem Moment war die Mitarbeiterin dankbar darüber, dass die Modernisierungsarbeiten noch nicht begonnen hatten. Jahrelang plädierte sie erfolglos für eine modernere Ausstattung. Vor drei Wochen sollte der Umbau nun schon begonnen haben, aber die Handwerker vertrösteten sie seither. Gerade heute Morgen führte sie noch ein energisches Telefongespräch mit dem verantwortlichen Bauleiter. Ihre Verärgerung war nun unendlicher Erleichterung gewichen.

Stich kam langsam zur Besinnung und akzeptierte, immer noch wütend, das Unabänderliche. Er musste schnell weg. Die Polizei würde gleich eintreffen. Wie lange die Polizei bereits informiert war, entzog sich seiner Kenntnis, aber viel Zeit blieb ihm ganz sicher nicht. Hektisch öffnete er die Ladentür und schaffte es gerade noch, seinen Gang soweit zu mäßigen, sodass er kein unnötiges Aufsehen erregte.

Seinen Wagen erreichte er, ohne dass ihn irgendjemand registrierte. Einen Polizeiwagen entdeckte er auch nicht. Stich startete seinen Wagen und fuhr mit angemessener Geschwindigkeit los. Einen Plan hatte er noch nicht. Die anfängliche Coolness wandelte sich unaufhaltsam in Panik.

Viel Vorsprung hatte er sicher nicht.

035

In der Vorderreihe, draußen im Café Marleen, bekam niemand etwas von dem Drama in der Reinigung mit, obwohl diese keine zweihundert Meter entfernt lag. So oder noch dichter, liegen Freud und Leid nebeneinander.

Die Morgensonne erwärmte den Terrassenbereich angenehm schnell. Die meisten Gäste trugen bei den für heute angesagten Temperaturen bunte Sommerkleider, kurzärmelige Polos und Shorts. Auf der Terrasse wurden schon lebhafte Gespräche geführt. Auf den meisten Tischen standen dampfende Kaffeegetränke. Gloria und Dildo hatten zum Frühstück eingeladen. Der XO war schon da. Stina schob Dienst und war schon früh nach Lübeck in die Rechtsmedizin.

Ich kam gerade noch rechtzeitig. Unser Tisch war bereits reichlich eingedeckt. Die beiden hatten für alle das riesige ‚Schlemmer Marleen', mit Kaffee, Saft, Sekt, Brot und Brötchen, Konfitüre, Ei-, Käse- Wurstauswahl, Lachs und Krabben bestellt.

„Wer kommt denn noch alles ?" fragte ich. Dildo zeigte verschmitzt vier Finger. „Das reicht doch mindestens für acht."

„Große Liebe, großes Frühstück" strahlte Dildo erst uns und dann Gloria an. Sie lächelte entzückt zurück.

„Das klingt aber schön" merkte Claus an. „Ich freue mich für Euch und ganz besonders für Dildo. Du hast mir doch ein wenig Sorgen bereitet."

„Ach was" fegte er den Einwand von Claus locker beiseite. „Allerdings habe ich damit zur Zeit auch nicht gerechnet. Jedenfalls nicht so schnell." Er küsste Gloria. „Ich werde im September nach Lanersbach fahren" verkündete er. „Mir Glorias Heimat anschauen und vielleicht den Eltern einmal ein ‚Grüß Gott' zuwerfen" erklärte Dildo grinsend.

„Da musst Du Dir aber noch ein paar Benimmregeln aneignen. Sonst wirst Du bei Deinen zukünftigen Schwiegereltern nicht punkten" feixte der XO.

„Sie zu, dass Gloria bei Deiner Ankunft zuhause ist. Dir ergeht es hoffentlich nicht so ähnlich, wie bei einem vierzigjährigem Bekannten von mir. Er war noch nicht zuhause, als dessen neue Freundin erstmalig an seiner Haustür klingelte und sein knapp achtzigjähriger, an Alzheimer leidender Vater, ein ehemaliger Anwalt und Notar, öffnete."

„Was wollen Sie" fragte er die ihm unbekannte Frau spröde.

Sie stellte sich höflich mit ihrem Namen vor. „Ich möchte zu Andreas.“
„Der wohnt hier nicht mehr“ antwortete er schroff und knallte die Tür zu.

„Wenn in diesem Moment seine Mutter nicht zufällig auf der Bildfläche erschien wäre, dann, na ja, ich weiß nicht, wie es ausgegangen wäre. Sie sind heute beide noch ein Paar. Seine Freundin Andrea musste den alten Herrn übrigens bis zu seinen letzten Atemzügen siezen.

„Bei uns geht es zuhause ganz locker zu“ fügte Gloria entspannt an und tätschelte Dildos Hand. Nur unser Husky ist etwas eigensinnig.“

Polizeisirenen ertönten nun unaufhörlich von allen Seiten. Mit hoher Geschwindigkeit brausten drei Streifenwagen von der Außenallee kommend heran und bogen in die Straße Am Lotsenberg. Von der Kurgartenstraße mussten ebenfalls Polizeiwagen dazukommen. Diese Sirenengeräusche unterschieden sich. Offenbar trafen sie sich alle nicht unweit von unserer Position.

„Das ist bestimmt nur eine Übung. Da gibt es doch nichts zu überfallen. Vielleicht hat jemand ein weißes Hemd aus der Reinigung gestohlen“ mutmaßte Dildo grinsend. „Ich mache mich derweil über mein Rührei und die Krabben her.“

„Du hast immer einen gesunden Appetit “ nickte Claus anerkennend und griff zur Marmelade um damit sein Brötchen zu bestreichen.

„Essen und Trinken, das ist die Kunst und die Philosophie des Körpers, sagte schon Constantin Brunner. Er war ein deutsch-jüdischer Philosoph im achtzehnten Jahrhundert. C. Brunner ist sein Pseudonym gewesen. Sein richtiger Name war Leo Wertheimer.“ Dildo griente etwas verlegen und Gloria zeigte sich beeindruckt, ob seines Wissens.

„Eigentlich dürftest Du gar keinen Hunger haben, denn

Liebe geht doch durch den Magen" foppte ihn der XO.

„Ich bin da quasi multitaskingfähig, mein Lieber. Selbst vor Vegetarisch schrecke ich nicht zurück."

„Vegetarisch ? Das ist mir das Liebste bei Veranstaltungen. Schon Mario Adorf sagte, *Reden auf Vegetarierbanketten sind erfreulich kurz, weil man Angst hat, dass sonst das Essen verwelkt.* Im Allgemeinen ziehe ich jedoch ein vernünftiges Stück Fleisch vor. Zum Beispiel das Susländer Kotelett. Das ist super lecker und komplett Antibiotika frei. Das gibt es ab und an im Marina Restaurant. Ein Traum !"

036

Erst glatte dreißig Minuten nach Absetzen des Notrufes erreichten die ersten Streifenwagen die Reinigung. Mit vorgehaltener Waffe stürmten die Beamten in das Gebäude.

„Sicher !"

„Sicher !" hallte es nach und nach aus den einzelnen Räumen des Ladengeschäftes.

Innerhalb kürzester Zeit hatten sie das leere Geschäft gecheckt und als sicher befunden. Die verängstigte Mitarbeiterin saß immer noch verbarrikadiert auf dem Klo. Erst nach weiteren Minuten ließ sie sich überzeugen, dass keine Gefahr mehr bestand und die ‚Guten' auf der anderen Seite der Tür standen. Vorsichtig und misstrauisch löste sie die Blockade unter der Türklinke.

„Wieso haben Sie nur so lange gebraucht ??? Ich habe schon

vor über einen halben Stunde meinen Notruf abgesetzt. Nicht auszudenken, wenn er die Tür aufbekommen hätte !" schnauzte sie verärgert.

Der angesprochene Beamte bekam rote Ohren und kleine Schweißperlen auf der Stirn. Es lag nicht nur an der nun immer zu tragenden kugelsicheren Weste, wenngleich diese auch verhältnismäßig schwer und unbequem war. Der Terror hinterließ überall seine Spuren. Er wusste nur zu gut, dass die Frau recht hatte. Durch die veraltete Technik bekamen sie immer häufiger verspätete Alarmfahrten. Er murmelte etwas von Koordination und Einsatzplan und hoffte, dass sie sich vorerst damit zufrieden gab. Sollte sich doch jemand anderes damit rumschlagen. Die richtigen Stellen. Die hochbezahlten, die Sesselfurzer, die ihnen so etwas einbrockten. Dem zuständigen Senator war diese Situation schon lange bekannt. Dies war nun jedoch nicht relevant.

Stattdessen beruhigte er sie. „Es geht Ihnen doch gut. Es sieht ja alles nicht so schlimm aus. Wissen Sie, ob der Mann irgendetwas gestohlen hat ?"

„Er hat doch meinen Kunden einfach niedergeschlagen. Sie sehen doch das Blut hier vor dem Tresen. Der kann doch auch nicht so einfach verschwunden sein."

„Ja, da ist was dran" erwiderte der Beamte, der bis eben noch skeptisch dreinblickte. „Können sie denn einen der beiden Männer näher beschreiben. Das würde unsere Arbeit sicher erheblich erleichtern."

Die Mitarbeiterin stutzte. „Das ist merkwürdig. Ich habe keine Waschmaschine angestellt. Trotzdem läuft die Maschine."

Gelangweilt registrierte der junge Beamte diese Aussage. „Das haben sie sicher in der Stresssituation vergessen. Zum Wäschewaschen wird der Schläger sicher nicht gekommen sein." Innerlich grinste er über seine Feststellung. Das klang für ihn cool.

Sekunden später verging ihm schlagartig das Grinsen. Er hatte eine Hand am Trommelfenster wahrgenommen. So, als wenn sie ihm zuwinken würde. Wo er nun genauer hinsah, sah er wieder nur Schaum. Er starrte eine Weile auf das Fenster der Waschmaschine und atmete auf. Halluzination. Es wurde Zeit für seinen anstehenden Sommerurlaub. Ohne Kinder bekam er einfach keinen Urlaub in den Ferien. Am 05. September würde er vierzehn Tage nach Malle fliegen.

Die Entspannung dauerte nicht lange. Diesmal sah er die Hand ganz deutlich. „Abschalten ! Abschalten ! Stoppen sie diese Maschine" rief er der Mitarbeiterin erschrocken zu. „Abpumpen !" Gleichzeitig rief er den Notarzt an, obwohl er bereits wusste, dass hier jede Hilfe zu spät kam. Kreidebleich rief er die Kriminaltechnik an.

Der Notarzt, innerhalb weniger Minuten vor Ort, winkte gleich ab. „Der Mann ist regelrecht weich gekocht. Da kommt jede Hilfe zu spät. Den soll sich gleich der Rechtsmediziner vornehmen. In der Jackentasche habe ich einen Dienstausweis der Kripo Lübeck gefunden. Der Mann heißt Carsten Cink und ist Hauptkommissar beim D.1 in Lübeck. Ergo, ein Kollege von Ihnen."

Ein Ruck ging durch die anwesenden Beamten. Ein Kollege. Polizistenmord ! Das berührte sie noch tiefer. Das stachelte sie alle doppelt an.

POK Stina Wallison erschien fast zeitgleich mit Dr. Kevin Roche am Tatort. Sie hatte im Intranet den Namen Carsten Cink gelesen und sich gleich mit Malte Scheel aufgemacht. Erschüttert standen nun beide in der Reinigung.

„Ich kann es nicht fassen" sagte Malte mit belegter Stimme. „Wer macht so einen kranken Scheiß ?"

„Wenn die Personenbeschreibung vom Täter auch nur annähernd stimmt, dann besteht kein Zweifel. Unser Täter heißt Armin Stich. Die Qualle. Cink muss auf ihn getroffen sein und die Situation eskalierte" dachte Wallison laut. „Ich habe gerade einen Schnelltest der Fingerabdrücke am Tesafilm-Roller gescannt. Das Ergebnis sollte gleich vorliegen. Dann sind wir auf der sicheren Seite."

„Stina" begann Kevin Roche und nahm sie leise beiseite. „So weit, wie ich das so schnell beurteilen kann, hat der Kommissar noch gelebt, als er in die Trommel gesteckt wurde. Der ist bei lebendigem Leib gekocht worden. Für mich äußerst interessant, aber grausam" versuchte er seine wissenschaftliche Neugier runterzuspielen. „Wer so etwas tut, der hat meines Erachtens schon einmal gemordet."

Wallisons Handy piepte. Der Scanabgleich. Sie warf einen Blick darauf. Kein Zweifel. „Wir geben sofort eine Großfahndung nach Armin Stich raus. Die Daten finden sich alle in unserem Computer" wies sie ihren Mitarbeiter Hans, telefonisch auf der Dienststelle, an. „Vorsichtig. Der Mann ist skrupellos." Sie wand sich zu Malte um. „Diese verfluchte alte Technik. Was muss denn noch alles passieren, bis die da ‚oben' handeln?"

„Stina, in diesem Falle hätte es den Hauptkommissar nicht retten können. Sein schrecklicher Todeskampf dauerte nicht lange." Dr. Kevin Roche packte seine Sachen zusammen. „Ich schaue mir die, Entschuldigung, die gekochte Fleischmasse im Institut noch weiter an."

Innerlich kochte Stina Wallison auch. Ihr Instinkt war wieder einmal auf der richtigen Spur gewesen. Gerne hätte sie sich geirrt. Die Realität traf Wallison mit voller Wucht. Schon wieder hatte es einen Hauptkommissar getroffen. Im Moment war sie drauf und dran, wie viele ihrer Kollegen, an einen Fluch zu Glauben.

Die Priorität lag nun auf der Ergreifung Stichs, der fetten Qualle.

Die Segelyacht ‚O.li' hatten wir innerhalb fünfzehn Minuten so weit aufgeklart, dass wir los konnten. Nach dem üppigen Frühstück brauchten wir ein wenig Bewegung an der frischen Luft. Mit fünf Beaufort aus Südsüdost lag ein entspannter Segeltörn vor uns, parallel zur Mecklenburgischen Küste. Dazu die herrlichen Temperaturen um die vierundzwanzig Grad. Segeln mit Karibikfeeling.

Auf der Trave setzte der XO die Segel durch, sodass wir gleich unter Segel die Trave auswärts befuhren. Gloria, die noch nie auf einem Segelboot war, hatten wir ihre Bedenken genommen. Unter Land würden wir keinem Wellengang ausgesetzt sein. Die Segelyacht krängte einmal auf etwa fünfundzwanzig Grad und blieb auf diesem Sonnenkurs in der gleichen Schräglage. So konnte sie sich entspannt an die Süll in Lee lehnen und die Fahrt bei acht Knoten genießen.

An Backbord überholte uns eine Finnlines. Es war die ‚Finnmaid', ein italienischer Werftbau. „Dies ist die sogenannte Starklasse. Das erste Schiff der Serie hieß ‚Finnstar' und ist erfolgreich im Ro-Ro Verkehr unterwegs. Ro-Ro heißt Roll on – Roll off" erklärte ihr der XO. „Das Schiff hat eine Länge von zweihundertachtzehn Meter und ist dreißig Meter breit. Es kann fünfhundertfünfzig Passagiere und dreihundert LKW's aufnehmen. Das Schiff beherbergt unglaubliche vier Komma zwei Kilometer Straße. Man spricht da von Lademetern. Mit fünfundzwanzig Knoten bewegt es sich durch das Wasser, also etwa fünfundvierzig Stundenkilometer und verbraucht dabei täglich rund achtzigtausend Liter Schweröl."

„Herrlich" rief Gloria. „Daran kann ich mich gewöhnen. Dieses lautlose Dahingleiten. Alles nur mit Windkraft." Sie kuschelte sich wohlig an Dildo. „Schade, dass Steffi ihren Urlaub nicht verlängern konnte. Das hätte ihr sicher auch gefallen, aber so ein Abgabetermin geht halt vor."

„XO, alles klar zur Wende ?"

„Ey, ey, York !"

Auf der Höhe Klützer Winkel drehten wir bei. Claus richtete die Segel aus und wir fuhren wieder mit knapp acht Knoten, einen gemütlichen Anlieger in Richtung Travemünde. Entspannung pur. Auf dem Rückweg kam uns Gib mit seiner Spirit 46 entgegen. Ein Retroklassiker mit wunderschöner Linie.

„Ich habe noch nicht bemerkt, dass das Wasser weg ist. Diese Ebbe oder wie das heißt" bemerkte Gloria, nachdem wir Gib freudig zugewinkt hatten.

„Hier in der Ostsee ist der Tidenhub kaum bemerkbar. In der Nordsee hast Du bei Ebbe das Wattenmeer. Kilometerlang fällt das Land trocken. Hier haben wir einen Wasserpegelunterschied von vielleicht dreißig Zentimeter. Das sieht man optisch kaum" erklärte Dildo.

„Obwohl, bei bestimmten Wetterlagen kann es passieren, dass hier erst eine Sturmflut, bei starkem Nordostwind, mit einem Meter über dem normalen Pegelstand eintritt. Wenn der Wind danach auf kräftigen Südwest dreht, schwappt das Wasser zurück, weil der Wind die Wassermassen zusätzlich rausdrückt. Dann sitzen einige Schiffe im Hafen auf dem Trockenen. Da gibt es durchaus einen Tidenhub von einen Meter sechzig" fügte Claus an. „Das ist aber eine seltene Konstellation."

„Die schlimmste Katastrophe war 1872. Da gab es ein Jahrhunderthochwasser mit drei Meter über Normal. Travemünde war fast komplett überschwemmt. In der Vorderreihe stand das Wasser locker über einen Meter fünfzig" wusste ich zu berichten. „Tage vor dem Sturmhochwasser, blies ein Sturm aus Südwest über die Ostsee, der das Wasser in Richtung Finnland und Baltikum schob. Das Resultat war Hochwasser dort und extremes Niedrigwasser an den deutschen Küsten. Aus der Nordsee strömten dadurch große Wassermengen in die westliche Ostsee. Plötzlich drehte der zum Orkan angewachsene Sturm auf Nordost und drückte die Wassermassen zurück in Richtung Südwesten. Dies Wasser konnte nur langsam durch das Nadelöhr Skagerrak in die Nordsee zurückfließen. Am Morgen des 13. November 1872 überraschten große Wellen die Küstenbewohner und führten zu meterhohem Hochwasser in den Küstenorten. Um eine Vorstellung von den der Überschwemmung zu bekommen, müsst Ihr mal beim ‚Alten Leuchtturm' und der ‚Alten Vogtei' schauen. Dort sind Hochwassermarken der Höchstände zu finden" bemerkte ich zum Ende, obwohl es noch viel mehr dazu zu erzählen gab.

„Gloria, lasse Dich einmal von Dildo auf den ‚Alten Leuchtturm' begleiten. Das ist der älteste Leuchtturm Deutschlands. Jahrgang 1539 ! Von dort oben hast Du auch einen tollen Ausblick über Travemünde" schlug der XO vor. „Und dann macht Ihr noch, entweder Dienstagmittags eine nette Runde mit ‚dem Fischer' durch die Altstadt und den Fischereihafen oder Freitagabends, mit ‚dem Nachtwächter' einen Rundgang durch Travemünde. Das ist kurzweilig und macht wirklich Spaß. Wenn Dildo keine ‚Zeit' hat, dann begleite ich Dich !"

„Das schaffe ich schon" beeilte sich Dildo zu antworten.

„Ohweia, Dildo als Touri in Travemünde" lachte ich. „Ob das wirklich gut geht ? Ich habe da meine Zweifel" neckte auch ich ihn. „Fährst Du jetzt eigentlich mit Litze nach Soest, am 24.September, zum Kickboxen anschauen ?"

„Nee, ich habe keine Zeit" erwiderte er geheimnisvoll nach kurzem Zögern. „Außerdem schaue ich lieber Boxenluder an" grinste er. „Früher war das jedenfalls so" relativierte er seine Aussage, nach einen Seitenblick auf Gloria.

„Ist schon okay" mischte sich Gloria ein. „Ich würde gerne Boxen schauen, wegen der knackigen Jungs." Sie rollte unnachahmlich mit ihren Augen. „Leider sind sie so blöd und trainieren sich einen tollen Körper an, nur um sich dann zu

Brei schlagen zu lassen. Irgendwann trifft es jeden von denen. Ist immer nur eine Frage der Zeit. Die paar, welche anfänglich noch ein Hirn hatten, sind es meist schnell los. Ich kenne drei dieser Kandidaten und keiner von den Jungs ist ohne heftige Schäden davongekommen. Ein ‚Sport', der auf Zerstörung abzielt, ist für mich kein Sport mehr."

„Deswegen lieben wir ja alle so den Schachsport. Da kannst Du laufend jemanden ‚Schlagen' und es gibt keinerlei Verletzungen. Einen leckeren Rotwein kannst Du nebenbei ebenfalls zu Dir nehmen."

„Das ist das Stichwort, York. Heute ist mir nach einem fantastischen ‚Masi' Amarone. Vier Flaschen sind noch im Stock" fing der XO an zu schwelgen. Er schnalzte unbewusst mit der Zunge. „Dazu zwei, drei würzige Käse. Was kann den Tag noch schöner abrunden?" Wir nickten ausnahmslos zustimmend.

Mittlerweile befanden wir uns schon wieder am grünweißen Leuchtfeuer der Nordermole. Die letzten zwei Stunden waren wie im Flug vergangen. Auf Höhe des Ostpreußenkais bargen wir die Segel und steuerten unter Motor unseren Liegplatz im Passathafen an.

038

In Lübeck sammelte Armin Stich hektisch die nötigsten Sachen zusammen. Einen Bruchteil dessen, was er sich mehr oder weniger rechtmäßig angeeignet hatte. Mit einem Schlag zerstörte er sein Kartenhaus. Mit einem Schlag des Tesafilm-Roller. Bis vor einer Stunde schien er noch alles im Griff zu haben. Stich schäumte innerlich vor Wut. Immer zog er am

Ende den Kürzeren. So erging ihm das schon sein Leben lang. Echte Anerkennung blieb ihm ewig verwehrt. Schon in der Schule wurde er stets gehänselt. Mit seinen überwiegend ergaunerten Gütern lullte er sich und andere ein. Vor einem Jahr, hoffte Armin Stich noch, seine persönlichen Defizite endgültig egalisiert zu haben. Dann kam wieder Sand ins Getriebe. Selbst seine Ehefrau Hille wollte mit ihm nichts mehr zu tun haben. Als eitlen Pfau beschimpfte und verachtete sie ihn. Wenn er ehrlich zu sich selbst war, was so gut wie nie vorkam, dann musste er ihr Recht geben. Er liebte nur sich selbst und seine materiellen Werte. Darum kreisten seine Gedanken ständig. Ihr Freitod brachte ihm jetzt auch nichts mehr. In den Genuss der Lebensversicherungssumme käme er nun nicht mehr. Das bedauerte er am meisten.

Nun hatte seine cholerische Veranlagung die Lage dramatisch verschlechtert. In der Reinigung hatte er vollkommen überreagiert. Mit etwas mehr Hirneinsatz wäre er nun nicht auf der Flucht. Das er ausgerechnet über diese Mitarbeiterin stolpern sollte, ließ ihn beinahe durchdrehen. Wieso vergewisserte er sich nicht vorher, ob sie mit einem Handy bewaffnet war, beziehungsweise, was in dem WC rumlag. Mit einem Mal reduzierte sich sein Zeitvolumen auf Null.

Zum gründlichen Spurenverwischen und geordneten Rückzug blieb keine Zeit. „Wer konnte damit auch rechnen?" fragte Stich sich wieder und wieder. Damit hatte er alles aufs Spiel gesetzt und alles verloren. Fast alles.

Dem Bücherregal im Wohnzimmer entnahm er ein Buch, auf dessen Rückentitel ‚Steuergesetze 1952' gedruckt stand. Das Buch enthielt jedoch keine Seiten. Es sah zwar aus wie ein Buch. Es war jedoch lediglich eine Box. Mit einem einfachen Schlüssel von seinem Schlüsselbund öffnete Stich die Box. Ein einziger Gegenstand klebte in der Innenseite. Ein weiterer Schlüssel. Ein Tresorschlüssel.

Mit einem schnellen Ruck riss er den Tresorschlüssel heraus und rannte in den Weinkeller. Dort schob er eine leere Holz-

kiste beiseite. Dahinter verbarg sich ein stillgelegter Kamin-
zugang. Zumindest sah es für den unvoreingenommenen
Betrachter so aus. Stich löste den Klappriegel, entfernte die
schmutzigen Tücher und legte einen Tresor frei. Den kannte
nur er. Vor drei Jahren baute er den heimlich ein. Es war sein
Notnagel. Er schloss den Safe auf. „Wenigstens Einhundert-
fünftausend Euro und ein isländischen Reisepass, auf den
Namen Andreas Andresen. Natürlich gefälscht, aber gut
gemacht. Ein paar Brocken Isländisch beherrschte Armin
Stich. Für einen einfachen Grenzbeamten würde es reichen.

Er stopfte alles in seinen Rucksack. Dank der fünfhundert
Euroscheine nahm das Bargeld nicht so viel Platz ein. Sein
Glück, dass die Scheine noch nicht aus dem Verkehr ge-
zogen waren. Seine Armbanduhr zeigte ihm, dass es höchste
Zeit war zu verschwinden. Jeden Moment konnten seine
Häscher hier bei ihm auftauchen. Mittlerweile würden sie
ihn identifiziert haben.

Auf die Anpassung seines Äußeren, an das Reisepassfoto,
verzichtete Stich. Vorerst. Das musste warten, bis er Lübeck
weit hinter sich wusste. Sein Fluchtplan stand bereits fest.
Mit dem Auto über die polnische Grenze und dann Richtung
Süden. In einem der osteuropäischen Länder wollte er einen
Flieger nach Kenia besteigen und dann irgendwie weiter
nach Südamerika. Vielleicht Venezuela. Isla Magherita. Das
Land hatte erhebliche wirtschaftliche Probleme. Dort war
sein Geld ein vielfaches wert.

Er setzte eine schwarze Nickelbrille auf, die ebenfalls im
Tresor gelegen hatte. Somit war wenigstens die Brille identisch, mit der auf dem Passfoto. Nachdem er sich verge-
wissert hatte, dass die Luft zur Hintertür ‚rein' war, ging er
aus seinem Haus und schlenderte seine Wohnstrasse bis zur
nächsten Kreuzung. Seine Nervosität legte sich allmählich.
Er bog rechts in die Straße ein und bewegte sich gezielt auf
eine etwas zurückliegende, hölzerne Garage zu. Durch einen
engen Seiteneingang schlüpfte er hinein. Der kleine, engli-
sche Sportwagen war auf Hirsch, den Geburtsnamen seiner
toten Ehefrau zugelassen. Seit zwei Jahren stand der Wagen

ungenutzt in der Garage. Den Wagen sollte niemand so schnell mit ihm in Verbindung bringen. Er grinste debil.

Nach dem dritten Startversuch, sein Puls stieg inzwischen schon auf hundertfünfzig, sprang der Wagen stotternd an. Stich öffnete das Holztor und fuhr vorschriftsmäßig in die Straße und fädelte sich in den fließenden Verkehr ein. Das Verdeck ließ er sicherheitshalber geschlossen. Ein Schreck durchfuhr ihn, als gleich an der ersten Ampel, ein Streifenwagen hinter ihm anhielt. Stich hielt den Atem an. Doch schon an der nächsten abgehenden Straße bog der Streifenwagen ab. Langsam löste sich die Anspannung wieder. Alles im grünen Bereich. Wenn überhaupt, dann vermuteten sie ihn nicht in diesem Wagen.

Seine Flucht wurde jedoch kurz vor der B104 gestoppt. „Hatten sie doch schon Straßensperren eingerichtet?" fragte er sich nervös. Er spürte regelrecht die Adrenalinausschüttung. „Was nun? Sollte er sich einen Wagen aus dem Gegenverkehr kidnappen und das Weite suchen?" In Gedanken spielte Stich rasch seine verbliebenen Möglichkeiten durch. Im nächsten Augenblick registrierte er die Beschilderung einer mehrwöchigen Straßenbaustelle. Er hatte sogar in den Lübecker Nachrichten davon gelesen. Hörbar ließ er den angehaltenen Atem entweichen. Unter den Achseln breiteten sich unangenehme Schweißflecken auf seinem weißen Camp David Polohemd aus. In diesem Moment war es ihm egal. Nach knapp zehn Minuten Verzögerung rollte sein Wagen wieder.

Nachdem er die B104 an der Pallinger Heide in Richtung Selmsdorf befuhr, beschleunigte er den Wagen vorsichtig. Sein erstes Etappenziel war die Autobahnauffahrt Schönberg, an der A20. Wenn, auch nur wenn, sie ihn auf der Flucht mit dem Auto vermuteten, würden sie allenfalls den Anschluss Lüdershof im Auge haben. Nicht den Umweg Schönberg. Außerdem gab es mindestens vier Himmelsrichtungen und jede Menge Fortbewegungsmittel. Bus, Bahn und so weiter. Als erstes würden sie seinen offiziellen Wagen finden und die Fahndung auf alle Verkehrsmittel ausweiten. So viel Personal, wie es Möglichkeiten gab, stand der Polizei nicht annähernd zur Verfügung. Armin Stich durchströmte ein Gefühl von beruhigender Sicherheit, von Macht. Ein tolles, erhebendes Gefühl.

Selmsdorf hatte er zügig hinter sich gelassen. Fröhlich pfeifend gab er auf der kaum befahrenen Bundesstraße mehr Gas. Der Motor röhrte sportlich. Einhundertfünfundzwanzig Stundenkilometer zeigte die Tachonadel. Die umstrittene Sondermülldeponie Ihlenberg lag ebenfalls schon hinter ihm. Die lange Baumallee bereitete ihm Fahrspaß. Kurz hinter Schönberg lag die Autobahnzufahrt. Kein Auto kam ihm entgegen und im Rückspiegel war nur weit hinter ihm, soweit er das erkennen vermochte, ein dunkler VW Bus. Ein befreiendes Gefühl, vor allem nach dem gewaltigen Stress, vor nicht einmal neunzig Minuten.

Plötzlich bog zu seiner rechten Seite, kurz vor der Brücke Dassower Strasse, ein riesiger Trecker mit angehängtem Mähdrescher, vom Zubringer auf die Bundesstraße. Um einen Zusammenstoss zu vermeiden, blieb Stich nichts anderes übrig, als eine Vollbremsung einzuleiten. Seine Reifen qualmten und er schimpfte wie ein Rohrspatz. Er nahm den Fuß von der Bremse, um die blockierte Lenkung wieder frei zu geben. Gleichzeitig wurde ihm klar, dass der Bremsweg nicht ausreichen würde. Hektisch schlug er das Lenkrad nach rechts ein. Der Wagen bockte erst, dann hatten die Reifen wieder genug Grip und er schoss über die Verkehrsinsel in die Aus- bzw. Zufahrt. Dort kam sein Wagen endlich zum Stehen. Er zitterte am ganzen Körper.

Zur Ruhe kam er nicht.

Zu seinem Entsetzen, brach zeitgleich um ihn herum die Hölle los. Stich begriff nicht was er sah. Zwei schwarze Mercedes ML, mit dunkel getönten Scheiben, brachen aus dem Gehölz, ein dritter ML raste frontal auf ihn zu. Der VW Bus aus dem Rückspiegel bremste quietschend hinter seinem Wagen. Zwei Blendgranaten explodierten zeitgleich, direkt vor seiner Kühlerhaube. Er nahm, wie aus einem

Nebel, laute Befehle wahr. Ehe Armin Stich irgendeine Reaktion zeigen konnte, wurde er von vier zupackenden Händen aus dem Wagen gezerrt und mit brachialer Gewalt, mit dem Gesicht voran, auf den dunkelgrauen Asphalt gedrückt. Vor Schmerz schrie er auf. Die Arme wurden nach hinten gebogen. Es knackte in einem Schultergelenk. Es gab zweimal ein kurzes, ratschendes Geräusch. Mit Kabelbindern hatten sie seine Hand- und Fußgelenke fixiert.

„Zielperson gesichert" hörte er eine Stimme in ein Funkgerät sprechen. „Wir bereiten seinen Abtransport vor."

Erst jetzt wurde ihm bewusst, dass ihm ein Mobiles Einsatzkommando aufgelauert hatte. Der Trecker war die Falle, die sie ihm gestellt hatten. Er verstand die Welt nicht mehr. „Wie konnten die so schnell...?" Dies musste ein Albtraum sein. Er würde bestimmt gleich in einem Flugzeug aufwachen, ein zischendes Bier von einer hübschen Stewardess gereicht bekommen und auf dem Weg in die Karibik sein. „Eine Badehose habe ich gar nicht eingepackt" durchzuckte ihn ein verwirrter Gedanke.

Seine Schmerzen in der Schulter drangen jetzt wieder in sein Bewusstsein. Hinzu kam die Erkenntnis, dass seiner Flucht hier schon ein endgültiges Ende bereitet worden war. Anstelle leckerer Cocktails in der sonnigen Karibik, serviert von anmutigen Schönheiten, winkte ihm einfache Hausmannskost, in der Gesellschaft roher Gesellen. In einer Parallelwelt. Ein Würgereiz breitete sich in seinem Hals aus. Seine Gesichtsfarbe wechselte von weiß auf dunkelrot.

Armin Stich fing an, wie von Sinnen zu brüllen. Er hätte nicht genau sagen können, ob vor körperlichem Schmerz oder über den Scherbenhaufen seines ohnehin schon immer verkorksten Lebens.

039

Travemünde, Schleswig-Holstein
Fr-19.Aug-2016

Auf dem Kommissariat MD.1 in Lübeck, herrschte große
Erleichterung nach dem schnellen Fahndungserfolg. POK
Stina Wallison erreichte, zusammen mit ihrem Kollegen
Malte Scheel, rechtzeitig zu Beginn der Morgenbesprechung
das Dezernat. Die gesamte regionale und landesweite Presse
stürzte sich auf diesen Fall. Sie war voll des Lobes über die
gute Polizeiarbeit. Deshalb erschien heute auch der Kriminaldirektor, um seine Lobhudelei auf die beteiligten Beamten abzuladen.

Im Anschluss daran gab es eine Pressekonferenz, an welcher,
der Innensenator ebenfalls teilnahm. Gute Presse nutzten sie
zu jeder Gelegenheit. Sie sonnten sich im Blitzlichtgewitter
der Fotografen. Man hatte Stina Wallison ebenfalls dazu
gebeten. Nur widerwillig hatte sie zugestimmt. Solche Veranstaltungen waren nichts für sie.

„...denn unsere fähige Oberkommissarin Stina Wallison ließ
in diesem Fall nicht locker. Wir haben ihr die größtmögliche
Unterstützung zukommen lassen. Ich habe mich persönlich...“ hörte Wallison ungläubig den Senator schwafeln.
„Arschloch“ dachte sie und hörte nicht weiter hin. Sie warf
Malte, der ebenfalls im Raum anwesend war, einen generv-
ten Blick zu. Der zuckte lediglich mit den Schultern. Was
sollte er auch zu der Selbstbeweihräucherung sagen.

Nun begann der Kriminaldirektor auf Fragen der anwesenden Journalisten zu antworten. „Der Oberkommissar Detlef
Schlumpberger besitzt ein ausgezeichnetes Gedächtnis. Bei
einer früheren Befragung des Täters in dessen Haus, zu
einem anderen Fall, sah er Bilder des Fluchtwagens im Flur
hängen. Er konnte sich an das amtliche Kennzeichen erinnern und überprüfte im Zuge der intensiven Fahndung, auch

dieses Fahrzeug. Der Wagen ist auf den Namen seiner kürzlich verstorbenen Frau eingetragen. Durch diese Information haben wir die Fahndung auf dieses Fahrzeug ausgeweitet. Ein Streifenwagen machte in der Nähe des Wohnortes des Täters diesen Wagen aus. Zivilfahnder, die auf dem Weg zum Haus waren, nahmen verdeckt die Verfolgung auf und standen ständig mit dem MEK in Verbindung. Unser Vorteil war, dass das MEK sich gerade auf eine Demonstration vor der Sondermülldeponie vorbereitet und bereits in der Nähe war. Sie improvisierten an abgelegener Stelle einen kontrollierten Zugriff, deren Einzelheiten wir aus zukünftigen, taktischen Gründen, an dieser Stelle nicht bekanntgeben. Die Sicherheit der Bevölkerung war zu jedem Zeitpunkt gewährleistet."

„Ist das Trinkwasser der umliegenden Gemeinden und sogar der Stadt Lübeck durch den Sondermüll bedroht? Was hat das MEK dort zu suchen und wieso wird die Bevölkerung noch immer im Unklaren gehalten?" wollte ein Journalist wissen.

„Bitte haben Sie Verständnis dafür, wir beantworten hier ausschließlich nur Fragen zu dem Mordfall Cink. Da sind wir die falschen Ansprechpartner" drückte der Kriminaldirektor die Frage, welche ihn selbst schon seit Monaten quälte, geschickt bei Seite.

„Eine Frage an Kommissarin Wallison" wandte sich ein Journalist direkt an sie. Es war ein Redakteur von Radio Travemünde, dem Bürgerradio. „Wie schätzen Sie das ein. Hätte der Hauptkommissar Ihrer Meinung nach gerettet werden können, wenn die Leitstelle über moderne, funktionierende Technik verfügt hätte?" Stille trat ein. Der Senator blickte mit undurchdringbarer Miene in Richtung Wallison. Diese Wendung gefiel ihm überhaupt nicht. Er rückte seinen Stuhl ein wenig zurecht, räusperte sich und wollte gerade, anstelle der Oberkommissarin, antworten.

Zu spät.

„Nun, Sie sprechen ein seit langem bekanntes Problem an. Mit der Modernisierung der alten Technik auf den neuesten Stand, könnten wir den Kriminellen auf Augenhöhe entgegen treten. Zur Zeit sind wir technisch immer mindestens zwei Schritte hinter den Verbrechern. Wir kämpfen quasi mit rostigen Schwertern gegen hochwertige Stahlklingen. Bedingt durch die alte Technik, erreichen uns Notrufe meist nur mit Verzögerung. Das läuft einer vernünftigen Aufklärungsquote zuwider" kam Stina Wallison langsam in Fahrt. „Wir an der Front kommen meist erst, wenn alles gelaufen ist und müssen später noch die Schelte der Presse erdulden. Der Schutz der einzelnen Bürger wird hierdurch stark reduziert, zumal die Belastungen aller Kollegen enorm gestiegen sind und die Anzahl der Kollegen abgenommen hat. Was..."

„...Frau Wallison" unterbrach der Senator, „ich..."

„Was muss denn noch alles passieren, bis endlich gehandelt wird ? Viele meiner Kollegen sind angesichts dieser Tatsachen ausgebrannt. Wir sind der Puffer einer verfehlten Politik. Von dort hören wir immer nur, es wird Verbesserungen geben. Mein lieber Herr Senator, ja wo bleiben denn die versprochenen Verbesserungen ?" Der Senator zeigte nun eine Regung. Er schnappte nach Luft. „Mit unserer Technik können wir einfach nicht mit der Kriminalität Schritt halten. Die lachen sich doch alle ins Fäustchen. Da muss doch einmal Klartext geredet werden !" Sie hatte nun den Senator direkt angesprochen. Stina Wallison war es mittlerweile egal, ob ihr Auftritt dienstliche Konsequenzen nach sich zog. Sie ärgerte sich schon zu lange über die Missstände im Apparat, zumal die Prügel immer auf sie und ihre Kollegen abgewälzt wurden. Oft sogar von der Politik, die das ganze Dilemma verursacht hat. Etwas weicher in der Stimme fuhr sie an den Fragesteller gerichtet, weiter fort. „Um ihre Frage zu beantworten. In diesem konkreten Fall möchte ich Ihre Frage verneinen. Hauptkommissar Cink hätte eine technisch neue Leitstelle nicht gerettet, sehr..."

„...Sehen Sie" hakte der Senator sofort ein und sah seine Chance gekommen, den Fokus auf andere Gesprächsthemen zu lenken, „abgesehen von den immensen Kosten, die dem Bürger hierdurch auferlegt werden, ist es nicht auf die Technik zurückzuführ..."

„Lassen Sie mich bitte ausreden, Herr Senator. Wir sind hier nicht bei einem Polittalk" fuhr Wallison nun gereizt dazwischen. „Ich möchte mir nicht ausmalen, was passiert wäre, wenn die Mitarbeiterin der Reinigung keinen Stuhl im WC zum Verbarrikadieren der Türklinke gehabt hätte. Dann hätten wir mit Sicherheit zwei Tote im Geschäft vorgefunden. Jeden Menschen, den wir retten können, rechtfertigt alle Kosten zur Modernisierung. Jede Sekunde kann entscheiden über Leben oder Tod. Wir sind doch alle angetreten, um den Bürgen zu helfen und Sicherheit zu vermitteln !"

Nach einer kurzen Ruhepause standen die anwesenden Medienvertreter auf und klatschten Beifall. „Danke" sagte der Radioredakteur. „Wenn Sie einmal mit dem Gedanken schwanger gehen, in die Politik zu wechseln, meine Stimme haben Sie definitiv !" Wieder gab es stehenden Applaus für Stina Wallison, der das sichtlich unangenehm war.

Noch unangenehmer war es dem Senator, der seinen Stuhl, beim abrupten Aufstehen umwarf und sichtbar angefressen die Pressekonferenz verließ. Gepunktet hatte er hier nicht, eher im Gegenteil. Morgen würde er das zum Frühstück unter die Nase gerieben bekommen.

„Glückwunsch Stina, da hast Du gerade einen Freund fürs Leben gewonnen" grinste Malte. „Übrigens, meine Stimme ist Dir auch sicher."

Sie knuffte ihn. „Was hat denn Cink nur geritten, dass er den Fall auf eigene Faust zu Ende bringen wollte. Das kann ich nicht wirklich nachvollziehen und wird nun für immer sein Geheimnis bleiben. Allerdings hätten wir ohne seine Eigensinnigkeit, vielleicht niemals das ‚Missing Link' zwischen Stich und dem Gift der Würfelqualle aus dem Internethandel gefunden. Nur ist es ein viel zu hoher Preis."

„Welch Dusel wir bei der Fahndung hatten. Ohne Schlump-
bergers phänomenales Gedächtnis, wäre der uns durch das
Netz geschlüpft. Gar nicht auszudenken, dass die Qualle
damit durchgekommen wäre. Nun wird er auf ganz lange
Dauer, ein neues, staatlich finanziertes Zuhause bekommen.
Da werden ihn die Mitinsassen schon erwarten.

Die mögen Frauenmörder.

040

Travemünde, Schleswig-Holstein
Sa-20.Aug-2016

Das aktuellen Tagesgespräch in Travemünde waren natürlich die dramatischen Ereignisse rund um die Qualle. Im
Prinzip hatte er drei Tote zu verantworten. Die Zeitungen
überboten sich mit Informationen über Armin Stich. Sie
hatten alles über ihn um- und ausgegraben. Angefangen von
dem Kindergarten, über die Schule bis zum heutigen Tag.
Positives hatten sie nicht berichtet oder gar nicht gefunden.

Der neue Stern am Himmel war Stina Wallison. Viele wollten Sie nun in der Politik sehen. Zu einer Stellungnahme war
sie jedoch nicht zu bewegen. Zusammen mit York und dem
XO, saßen sie beim Cappuccino in der Cayade. Hier vermutete man sie nicht und die sie kannten, nickten ihr zu, aber
ließen sie in Ruhe. Dafür sorgte schon Arman, der die Nachbartische einfach mit einem ‚Reserviert'-Schild sperrte. Inci
servierte ihnen gerade das große Cayade-Frühstück.

„Arman, Du bist wirklich ein Geschenk" bedankte Stina sich
bei ihm „und Inci Du bist tatsächlich eine Perle. Ihr ent-

145

sprecht den Bedeutungen Eurer Namen. Mein Name ist übrigens vom griechischen Christin abgeleitet. Im hebräischen bedeutet es Wahrheit ."

„Das passt auch gut zu Dir" erwiderte Arman.

„Du redest wenigstens Tacheles. Das gefällt mir. Das gibt es leider kaum noch" stimmte ich zu. „Manche Menschen hörst Du sprechen und Du merkst sofort, die haben ihre Schnürsenkel nicht selbst gebunden."

Inzwischen hatte sich Litze zu uns gesetzt. „Die Politik muss einfach ehrlicher werden gegenüber den Bürgern. Die haben doch den Kontakt zur Basis verloren. Genauso wie die Europäische Union in Brüssel. Viel zu abgehoben und am Leben vorbei. Sie bereiten der braunen Soße einen unglaublichen Nährboden und wundern sich über den Rechtsruck in der Gesellschaft. Nazis möchte ich nicht mehr erleben" sagte er mit Nachdruck. „Dennoch, in unmittelbarer Zukunft muss es vorrangig darum gehen, die politische Autorität in Europa wieder herzustellen. Es kann kein harmonisches Zusammenleben geben, ohne eine Autorität, die dafür sorgt, dass die Regeln des Zusammenlebens respektiert werden. Es ist auch vollkommener Quatsch, jedes Land in der Nähe Europas, in die EU zu holen. Die Türkei zum Beispiel, ist nicht dazu berufen, Mitglied der Europäischen Union zu werden. Die stehen nicht einmal auf der Liste der sicheren Länder beim Kampf gegen illegale Einwanderung. Unsere Politiker reden über die Möglichkeit, dass achtzig Millionen Türken ein Visum bekommen. Das ist Wahnsinn in Reinkultur !" Litze redete sich in Rage.

„Möchtest Du auch etwas zum Frühstücken ? Ist wirklich ganz lecker." Claus schaute ihn fragend an.

„Ähem, ja klar. Ich nehme immer was zur Stärkung" gab er irritiert zurück. „Nur um das abzuschließen. Ich will keine Dschihadisten, die zurückkehren, egal, ob sie Ausländer sind oder die doppelte Staatsbürgerschaft haben. Ist es zum Beispiel ein Deutscher, der zurückkehrt, dann muss er für seine

146

Verbrechen ins Gefängnis. Danach muss er deradikalisiert werden, bevor er wieder raus darf. Unsere Politiker haben das Ausmaß der Bedrohung schon im Ansatz gar nicht begriffen ! Ich bin da ganz radikal. Alle Islamisten müssen in Isolationshaft. In den Gefängnissen müssen sie komplett abgehört werden. Dort sollten sie auch unterwandert werden, um jede geplante Aktivität im Keim zu ersticken. Dann muss jeder Ausländer und jeder Deutsche, der die doppelte Staatsbürgerschaft hat und mit einer terroristischen Vereinigung in Verbindung steht, sofort ausgewiesen werden. Wir müssen doch unser Land vorsorglich schützen und können nicht all die tausende, als gefährlich eingestuften Typen überwachen. Die haben hier nichts zu suchen. Alle, die zum Beispiel in den letzten Jahren in Frankreich zur Tat geschritten sind, waren den Geheimdiensten ausnahmslos bekannt. Da könnte ich kot..." Litze sprach das letzte Wort nicht komplett aus.

„Noch ein Kandidat für die Politik" merkte der XO trocken an. „Da ist schon etwas dran. Breite dich mal in so einem Land aus. Da heißt es gleich, Rübe ab." "

„Was schenken wir eigentlich ?" fragte Stina ganz unvermittelt. Alle schauten sich ratlos an.

„Rübe finde ich ein ausgezeichnetes Stichwort" warf ich ein und erntete allgemeines Kopfnicken.

041

Travemünde, Schleswig-Holstein
Do-01.Sept-2016

Unser Frühstückstisch war eingedeckt. Frische Brötchen von Simon hatte ich um kurz nach fünf aus der Backstube besorgt. Den Anker hatten wir schon vor einer halben Stunde geworfen. Eine leichte Brise fächelte aus Südwest. Das Thermometer zeigte immerhin kommode zwanzig Grad an. Die Ostsee schlief. Die Wasseroberfläche wirkte beinahe spiegelglatt. Am östlichen, orange eingefärbten Horizont, deuteten sich die Umrisse einer Autofähre an. Laut täglichem Fahrplan sollte es eine TT-Line sein. Vor der Hermannshöhe, in rund zwei Seemeilen Entfernung, dümpelte ein Fischerboot.

Plötzlich, wir sahen erst nur eine kleine Kante, tauchte die Sonne am Horizont auf. Genau um sechs Uhr siebenundzwanzig. Fasziniert starrten wir auf das Naturschauspiel. Unsere Sonnenbrillen verstärkten den Effekt noch.

„Wunderschön, York" flüsterte Stina ergriffen. Sie kuschelte sich fest an mich.

„Da hat sich das frühe Aufstehen doch gelohnt" raunte ich. Unser zweiter Versuch. Am dreiundzwanzigsten Juno hatte ein intensives Gewitter unseren Plan zunichte gemacht. Fast zwei Stunden früher ging die Sonne auf. Am Abend vorher log der Wetterbericht noch strahlenden Sonnenschein voraus. Den auf vier Uhr eingestellten Wecker benötigten wir nicht. Eine halbe Stunde vorher brach ein Unwetter los. Heftige Böenwalzen, Dauerblitzfeuer und lautes Donnergrollen. Der Tag entwickelte sich komplett anders, als angekündigt.

„Ich habe schon viele Sonnenaufgänge gesehen, aber dieser erscheint mir besonders schön. Komm, lass' uns zusammen Baden gehen." Stina ließ ihr Nachthemd zu Boden gleiten und sprang nackt von Bord ins ebenfalls zwanzig Grad warme Wasser. „Herrlich" juchzte sie. „Komm schon."

Ich löste die Badeleiter aus der Arretierung und sprang hinterher. Wir schwammen dem Sonnenaufgang ein wenig entgegen. Nach einer guten Viertelstunde gelangten wir über die Leiter wieder zurück an Bord. Mit den bereitgelegten Handtüchern rubbelten wir uns gegenseitig ab.

Stina sah mir tief in mein Augen. „Danke für diesen schönen

Morgen." Sie hüstelte. „York, seitdem Du in mein Leben getreten bist, fühle ich mich als etwas Besonderes. Ich spüre, ich bin angekommen. Ich liebe DICH !!!" Dann küsste sie mich innig und ich spürte ihre Hände an meinem ganzen Körper. Wie elektrisiert erwiderte ich ihre Berührungen.

Gefrühstückt wurde erst eine Stunde später.

042

Travemünde, Schleswig-Holstein
Fr-02.Sept-2016

Die Windverhältnisse hatten sich gegenüber gestern nicht verändert, schwache ein bis maximal zwei Beaufort aus südlicher Richtung. Deshalb unternahmen wir eine entspannte Radtour, über die Hermannshöhe am Brodtener Ufer, nach Niendorf. Um uns kurz abzukühlen, sprangen wir am Strand in die Ostsee. Stinas Tochter, eine richtige Wasserratte, war gestern Abend von den Großeltern zurück und hüpfte als erste in das smaragdgrüne Wasser.

Danach gönnten wir uns mittags am Hafen, auf der Terrasse des Café Strandvilla, zwei Flammkuchen der kanadischen Variante mit Wildlachs und Kapern sowie für Nonome die klassische Ausführung mit Speck und Zwiebeln. Normalerweise lassen wir uns dort immer von den großen, selbstgemachten Torten verführen. Heute verzichteten wir schweren Herzens, da wir um fünfzehn Uhr zu einer Kaffee- und Kuchenfahrt, von Travemünde nach Lübeck und zurück, auf der MS HANSE eingeladen waren.

Dennoch kamen wir nach unserer Rückkehr am Eiscafe

Venezia, in der Travemünder Vorderreihe, nicht vorbei. Nonome probierte sofort die neue, cremige Sorte Melone aus. Mareike nannte ich schon seit unserer ersten Begegnung, in zweitausendelf nur Nonome. Sie wollte mir damals ihren Namen partout nicht verraten. Ich hatte sie zufällig in Süsel beim Wakeboarden kennengelernt. Erst später traf ich auf Stina, als sie im Fall des ‚Passatmörders' ermittelte.

Meine Bestellung, Yogurette, Malaga und Pfirsichjoghurt, war schnell aufgegeben. Stina brauchte bei Pascal regelmäßig zwei Minuten länger bis zur Entscheidungsfindung. Diesmal entschied sie sich für Schoko und Yogurette – wie immer. Beim Blusenkauf zeigte Stina mehr Entschlossenheit. „York, Du brauchst nicht zu grinsen. Ich muss erst auf meine inneren Schwingungen hören" erklärte sie. „Das muss alles im Einklang sein." Ich grinste weiter.

Auf der Bank am Eiscafe, leckten wir im Einklang an unserem italienischen Eis. Sehr lecker !

„Oh, schon vierzehn Uhr. Wir müssen los. Ich möchte noch kurz unter die Dusche springen" trieb Stina uns an. Zuhause putzen sich die beiden Mädels fein heraus und ich renovierte mich, soweit es möglich war. Um legere Kleidung wurde gebeten. Das kam mir sehr entgegen. Die Zeit lief trotzdem unerbittlich vorwärts. Zum Glück brauchten wir nur fünf Minuten zu Fuß bis zur MS HANSE. Unterwegs hörten wir mahnend das unverwechselbare, melodische Signal, womit der Kapitän seine letzte Aufforderung zum ‚Boarding' ankündigte. Fünf Minuten vor der geplanten Abfahrt. Wir beschleunigten unsere Schritte etwas.

Pünktlich um fünfzehn Uhr, auf der Kaiserbrücke stand niemand mehr zum Einsteigen, enterten wir das Panoramaschiff. Keinesfalls zu früh. Gerade soeben an Bord, legte die MS HANSE ab.

Die Gastgeber und alle übrigen Gäste waren natürlich schon an Bord. „Sie gehören sicher zu der Feier Colette/Hopf ?" fragte ein Mitarbeiter in dunkelblauer, langer Hose und schneeweißem Hemd. „Folgen Sie mir bitte auffällig in den hinteren Bereich." Die Tische waren für vierzig Personen, ganz in weiß, eingedeckt. Weiße Rosenblätter mit rosafarbenem Rand, bildeten zusammen mit weißen Kerzen und Haltern aus Glas die Dekoration. Die Glasschalen mit den roten, frischen Erdbeeren auf den Tischen wurden somit zum Blickfang.

Dildo kam lachend auf uns zu. „Das nenne ich ‚just in time' oder besser, spät als gar nicht dabeisein." Er drückte Nonome einen Orangensaft und uns beiden je ein Champagnerglas in die Hand. „Mareike, Stina, Ihr beiden seht umwerfend aus" strahlte er sie an.

„Nun, eine Prüfung kann man nachholen, eine tolle Feier nicht" erwiderte ich. Ehe ich die Gastgeberin begrüßen konnte, zog Nonome mich an den großen runden Tisch.

Mit leuchtenden Augen zeigte sie auf die, mit einem Meter Durchmesser riesige Marzipantorte, verziert mit einem schönen Schattenriss. „Die kenne ich" rief sie begeistert aus „und schau mal, wie groß die Torte ist." Leysieffers las ich. Da ließ sich jemand nicht lumpen. Im Hintergrund hörte ich ‚Wondering' von Yotto aus den Musiklautsprechern. Den XO sah ich mit Steffi plaudern. Gib, Litze und Eric standen am Heckfenster zusammen und hielten alle ein bernsteinfarbenes Zwickl Kellerbier, von Th.Köpi, in den Händen. In der Gruppe fehlte eigentlich noch unser gemeinsamer Freund Hier. Eric steckte mir später, dass die Einladung zu spontan für ihn kam. Nur zehn Tage Vorlauf ist einfach zu knapp für ihn gewesen. Überrascht und erfreut war ich über die Anwesenheit von Daniel Holter. Nach einer Schussverletzung vor fünf Jahren musste ihm ein Bein amputiert werden. Er arbeitete bei der Bremer Kripo als Computerspezialist. Ab und an erwies er mir unschätzbare, kleine Gefallen, in dem er sich privat und illegal, in fremde Dateien einloggte.

Ein helles Klanggeräusch, hervorgerufen durch das Schlagen eines Teelöffels an ein Champagnerglas, erweckte die Aufmerksamkeit aller Gäste. Gloria und Dildo standen eng beisammen und begrüßten noch einmal alle Gäste. Sie sprach zwar weiter zu allen Anwesenden, wandte sich nun jedoch Dildo zu. „Ich bin erst reich geworden, nachdem ich gefunden habe, was ich mit Geld nie bezahlen kann." Ihre Augen glänzten feucht. Sicher wussten nicht viele, um die Bedeutung dieses Satzes. Ich wusste, das Gloria eine schwerreiche Frau ist. Ich wusste auch, dass Dildo es bis jetzt nicht wusste. Ihr Problem. Vielleicht ein Luxusproblem. Ich war mir ganz sicher, Gloria wird das Problem lösen. Wieder küssten sich beide. „Am fünften März wird im österreichischen Schnee geheiratet!" verkündete sie fröhlich den geheimgehaltenen Termin. „Wir hoffen, Ihr seid alle dabei!

Leise erreichten uns gefühlvolle und warme Saxophonklänge. Wolfgang Rüggeberg, genannt Rübe, spielte live für uns. Unser Geschenk an die beiden Verliebten. Ende des Monats hatte er mit seinem Musikpartner ein sechswöchiges Engagement auf dem TUI Kreuzfahrtschiff ‚Mein Schiff 4' in der Karibik. Sie treten gemeinsam unter den Namen ‚Kalle & Wolle' auf.

Dildo ergriff jetzt wieder das Wort. „Liebe Gloria. Wir haben alle zwei Leben. Das zweite beginnt, wenn wir realisieren, dass wir nur ein Leben haben. Ich freue mich wie ein Kullerkeks, dass Du Dich entschlossen hast, dieses zweite Leben mit mir gemeinsam zu gestalten!" Er machte eine kleine Pause und nutzte die Gelegenheit, Gloria innig zu küssen. „Lasst uns die Verlobungsfeier, die Torte und die kleinen Spezialitäten, während der Hin- und Rückfahrt genießen. Lernt Euch möglichst alle auf der Fahrt kennen. Im Anschluss gibt es eine Party im Marina Restaurant, an der Überseebrücke 1. Genug der Worte. Wer sich nicht amüsiert ist selber Schuld - PROST!"

Nonome, die zwischen uns stand, stand die ganze Zeit still. Ich schaute Stina an. Eine dicke Freudenträne kullerte ihr über die Wange.

- - -